恋し撫子

代筆屋おいち

篠 綾子

時代小説文庫

角川春樹事務所

目次

第一話　筆供養　7
第二話　たらちねの　75
第三話　果たし状参る　140
第四話　天狗の投げ文　205

編集協力　遊子堂

恋し撫子

代筆屋おいち

第一話　筆供養

一

　おいちの母お鶴《つる》は、美しい細筆を持っていた。

　手で握る柄の部分は、竹でできていて、もとは白に近い薄茶色をしていたが、使い込むうちに味わいが増してきた。鈍い光を閉じ込めたようなその色合いは、新品の頃より美しく見える。

　筆の部分の毛は「白真《しらじん》」と呼ばれる鹿の毛を使っている。白真とは、鹿の冬毛の脇下から下腹部の毛を使ったもので、貴重な品であった。奈良の伝統ある老舗《しにせ》で作られたものであるという。

「いちにも使わせて！」

　手習いを始めてから、おいちは何度か母に頼んだが、母は一度として、おいちにその筆を使わせなかった。

　だが、八つになったおいちが手習いの塾に通い始める時、

「これからは、この筆をお使い」

と、母は白真の筆を差し出して言った。

「でも、これは――」

おいちは躊躇《ためら》いがちに、母の顔を見上げた。それは、母が江戸で手習いの塾を始めることになった時、父が母のために買い求めた思い出の品なのである。

お鶴の顔には、少しばかり寂しげな微笑が浮かんでいた。

「いいんだよ。母さんにはもう必要ないから。この筆はもうお前のものよ」

「母さんには必要ないって、どういうこと？」

「この筆を使うと、字が上達するのよ。母さんはもう上手だから必要ないの。だけど、おいちはこれから、うんと上達しなけりゃいけないだろう？」

そう言って、お鶴はおいちの頭を撫《な》ぜた。おいちは真剣な面差しでうなずき返した。

「字が上手になったら、父さんに文《ふみ》をお書き。その頃にはきっと、父さんの居所も分かっているから――」

「母さんは書かないの？」

「そうだね。間に合えば……ね」

お鶴の笑みははかなげだった。その時の母は、まるでどこかへ行ってしまいそうで、おいちは不安に駆られた。

「あたし、この筆で父さんに文を書く。それで、母さんとも会わせてあげる」

「ありがとう、おいち――」

お鶴はおいちの頭に、そっと手を置いた。

（あたしは必ず、母さんのように字が上手になってみせる）

この時、おいちは強く心に誓った。

その途端、不思議なことに、お鶴の姿は見る見るうちに変貌していった。おいちが幼い頃の若かった母の姿から、年を経て、病に臥《ふ》せるようになった母の弱々しげな姿に――。

それと同時に、おいち自身もまた、十六歳の今の姿に変わっていた。ただ、白真の筆だけは変わらず右手にしっかりと握り締めている。

「お前の気持ちは嬉《うれ》しかったけれど……。ごめんね、間に合わなかったみたい――」

母の笑顔は今にも消え入りそうに見えた。

「どうして、母さん。どうして、そんなこと言うの」

おいちは母に取りすがろうとした。しかし、おいちの手が母の腕に届くより一瞬早く、母の体は離れていた。

「母さんっ！」

追いすがろうとすればするほど、母はおいちから遠のいてゆく。まるで雲にでも乗っているかのように、母の動きは速い。

「母さんの筆、ずっと大事に持っておいで。それを母さんだと思って――。白真の筆は、必ずお前に幸せを運んでくれるから――」

母は口に手を添え、声を張り上げて叫んでいる。だが、その声もしだいに聞き取りにくくなっていった。

「母さん、嫌よ。行かないで――。いちを一人にしないでっ！」

おいちは声を嗄《か》らして叫んだ。

頼ることのできるたった一人の身内であり、いつでもおいちの味方であった母と離れて、どうやって生きていけばいいのか。

そう思った時、おいちは足をもつれさせて、その場に倒れ込んだ。

「あたしも母さんと一緒に行く――」

泣きながらそう叫んだ時、ふわっと耳許《みみもと》に温かい風が吹いてきた。

「駄目よ。お前には颯太《そうた》さんがいるじゃないの」

どういうわけか、遠ざかっていたはずの母の声が、耳許で優しく注がれたように感じた。

「母さん――？」

はっと顔を上げた時には、風はすでに通り過ぎていた。辺りを見回しても、母の姿が見えるわけではない。すでに遠のいていた前方の姿も見えなくなっていた。

――母さん、母さーんっ！

「おいちさん、ちょいと、おいちさん。しっかりおし」

体をぐらぐらと揺さぶられる感じがして、おいちははっと目を覚ました。

朝の光が障子を透かして、射し込んでいる。

「あっ、おさめ……さん？」

おいちはまぶしげに目を細めながら、おさめの顔を見た。

「怖い夢でも見たのかい？　やけにうなされていたようだけど……」

おさめは歯を見せて笑った。

「……そうか。あたし、夢を見てたのね」

おいちは上半身だけ起き上がって、首を横に振りながら呟《つぶや》いた。

怖い夢というより、懐かしく恋しく、そして悲しい夢だった。

母から白真の筆をもらった時のことは事実そのままだが、別れ際の言葉は、生前、直《じか》に聞いたものではない。亡き母が今のおいちに伝えたくて、夢枕に立ったのだろうか。

母の筆は今もおいちの手許にあって、代筆屋の清書をする時だけ、大切に使わせてもらっている。

「さあ、もう露寒軒《ろかんけん》さまも起きていらっしゃるからさ。間もなく朝ごはんだよ。おいちさんも急いで」

いつもはおさめと同じ頃に起きるのだが、今朝はずいぶんと寝坊をしてしまったらしい。

おいちは急いで起き上がると、夜具を片づけ、身じまいをして一階へ下りた。

食事の前に、急いで筆記具の置かれた棚を調べ、母の筆が無事であることを確かめた。

あんな夢を見たので、筆に何か異変でもあったのではないかと心配だったが、思い過ごしだったようだ。

（よかった……）

おいちはようやく安心すると、白真の筆を元の場所へ戻し、お膳を取りに台所へ向かった。

それから、いつものように露寒軒、おさめ、幸松《こうまつ》と一緒に食膳を囲んだ。これもいつものことだが、露寒軒の膳にだけ、美しい硝子《がらす》の器に入った緑色の汁が載っている。青物や冬瓜《とうがん》などをすりつぶしたもので、露寒軒はこれが体によいと頑《かたく》なに信じているようだが、一気に飲み干す度に苦々しい顔つきを浮かべるのも、いつものことだ。

こうして食事が終わると、おさめと幸松がお膳を台所へ運び始める。一方、おいちは店を開く仕度に取りかかった。

露寒軒が歌占《うたうら》で使う筒や、おいちが代筆で使う筆記具を文机《ふづくえ》の上に並べる。用意が調《ととの》った頃、露寒軒がやって来る。

おいちは、露寒軒と横向きに置かれた文机の前に座り、墨を磨《す》り始める。その頃、後片付けの手伝いを終えた幸松が戻ってきて、おいちの傍らへ座った。

幸松は時折、おいちの手伝いなどをしながら、客の応対をすべて引き受けてくれている。幸松が来てからのおいちは、代筆の仕事に集中することができた。

「ところで、おいち」

露寒軒が墨を磨るおいちの手許に目を向けながら、声をかけた。

「はい」

おいちは手を休めて顔を上げる。

「お前は朝、筆記具を確かめていたようだが、何かあったのか」

露寒軒は見ていないようで、今朝のおいちの様子に目を配っていたようだ。

「ああ、それは、母の形見の筆に何かあったのではないかと、少し気にかかったんです」

おいちは夢の話をおおざっぱに話した上、何事もなかったのだと答えた。

「何事もなかった、だと――?」

露寒軒はじろりと目を剝《む》いておいちを見ると、その筆を見せてみよと言い出した。

おいちは白真の筆を、露寒軒に渡した。露寒軒はそれを縦にしたり、横にしたりしながら眺めていたが、やがて、無言のまま突き返してきた。

「ただの夢だったみたいです。あたしも余計な心配しちゃいましたけど……」

おいちが笑って言うと、露寒軒は難しい顔をしたまま、

「いいや、大事に使い込まれた品には魂が宿る。さような夢を見たのであれば、これから何かが起こるのであろう」

と、やけにきっぱりとした口ぶりで言った。

「えっ、何かってどんな――?」

思わず訊《き》き返すと、

「ええい、さようなことまで、わしに分かるわけがあるまい」

不機嫌そうに言い返されてしまった。

それ以上、しつこく話しかければ、雷が落ちる予感がする。おいちは口をつぐむと、再び墨を磨る作業に戻った。

——白真の筆は、必ずお前に幸せを運んでくれるから。

生前の母から、その類《たぐい》の言葉を聞いたことはなかった。

母はただ、字が上手になる筆だと言っただけだ。

だが、亡き母が夢に現れ、教えてくれたその言葉を、おいちは信じることができた。

（これまでだって、母さんの筆はあたしを幸せにしてくれたもの）

この世で添い遂げると誓った人——颯太に引き合わせてくれたのは、母の白真の筆であった。

（颯太——）

おいちは墨を磨る手だけは動かしながら、心を真間村《ままむら》の遠いあの日に彷徨《さまよ》わせていた。

二

九つのおいちは、瓶井坊《かめいぼう》の敷地内にある真間《まま》の井《い》に向かって、一人走り続けていた。

（あたしの筆……ううん、母さんの筆がもう戻ってこなかったら、どうしよう——）

八つの時から手習いの塾に通い始めたおいちは、今では塾内の少女たちの中で、誰よりも字が上手だと言われていた。

おいちは真間村の生まれではない。六つの時、母に連れられて、母の在所である真間村へやって来たのである。

母のお鶴は名主角左衛門《かくざえもん》の娘だが、駆け落ちをして親の許さぬ男に添い、その男からも捨てられたというので、角左衛門はお鶴のことを決して許さなかった。

お鶴とおいちは、家の土蔵で暮らすことを許されたが、親戚付き合いなどからは除かれていた。

お鶴の兄五郎兵衛《ごろべえ》には、お菊《きく》という娘がいた。おいちより一つ年上の従姉《いとこ》に当たる。だが、このお菊もまた、祖父角左衛門と同じように、おいちのことを無視してかかった。

（お菊のやつ――）

おいちは走りながら、この従姉のつんと澄ました顔を思い浮かべ、怒りを燃やしていた。

おいちが通う手習いの塾には、お菊も通っている。だが、甘やかされて育ったお菊は、努力を嫌い、手習いの稽古も真面目《まじめ》にやらないので、いつまで経《た》っても字が上達しない。

そのくせ、師匠からおいちが褒められるのは気に入らないらしく、ことあるごとに、取り巻きの少女たちを使って意地悪をしてくるのだった。

仲間外れにするとか、お手本にいたずら書きをされるといったことには、もうおいちは慣れている。

だが、今日は違った。

おいちが少し席を離れていた隙に、おいちの大事な白真の筆をお菊が持っていってしまったというのだ。

母からもらった白真の筆の使い心地のよさは、抜群だった。墨をすうっと吸ってゆき、筆先は紙の上を思い通りに動いてくれる。太さや細さを操るのも思いのままだった。

だから、おいちはこの筆を、清書の時にしか使わない。

稽古ではいつも馬毛の筆を使っている。この日はたまたま、師匠から手本を書くよう言われたので、白真の筆を持ってきていた。

お菊ときたら、手習いなどにまったく興味がなさそうなのに、おいちの筆が特別だというようなことには、目ざとく気づくのである。

(もし筆が戻ってこなかったら、あたしはお菊を許さない)

お菊が筆をどこへ持っていったのかは、すぐに分かった。塾に残っていた他の少女たちが教えてくれたのである。

「真間の井の水で、筆を洗ってあげるんだって言ってたわよ」

しかも、お菊はおいちから頼まれたと口にしていたらしい。どんなに仲が悪くとも、二人が従姉妹同士であることは、周りの少女たちも知っていたから、不審には思わなかったようだ。

「真間の井の水で筆を洗うって、どういうこと?」

おいちが尋ねると、少女たちは教えてくれた。

「真間の井の水で墨を洗い流したり、筆に水を含ませると、字が上手になるっていう言い伝えがあるのよ」

どうやら、真間村での古い言い伝えらしいが、おいちはそんなことは知らなかった。

だが、そんなことはどうでもいい。今はとにかく、お菊とその取り巻き連中を追いかけ、筆を取り返さねばならなかった。おいちはすぐに帰り仕度をすると、手習いの塾を飛び出した。

真間の井とは、遠い昔、真間手児奈《ままのてこな》という美女が水を汲《く》んだ伝説の井戸であった。今は、真間山弘法寺《ぐほうじ》貫主《かんじゅ》の隠居所として建てられた瓶井坊の敷地内にある。

そこへは、身内の中でただ一人優しい祖母のお松に連れられて、おいちも行ったことがあった。道筋も覚えている。

その瓶井坊まで、おいちはひたすら駆け続けた。足を止めたのは、瓶井坊の敷地内へようやく足を踏み入れた時であった。肩は激しく上下し、膝はがくがくと震えていた。いったん立ち止まってしまうと、すぐには動き出すこともできない。

おいちは膝の上に両手を置き、上半身を前にかがめて、息を整えた。

瓶井坊の中はしんと静まり返っていて、人の気配も感じられない。この瓶井坊は隠居所なので、参拝客として来る者の狙いは、真間の井の方である。瓶井坊の方でも、人々が真間の井の水を自由に汲むことを許しており、名高い真間の井の水を汲もうと、旅人が立ち寄ることもあった。

おいちはひっそりとした瓶井坊の敷地内を、真間の井の方へ向かって歩き出した。

どこからかお菊らが現れるのではないかと、少し身構える気持ちになっていたが、その気配もなかった。

井戸は竹や松の木が生えた中に、ひっそりと佇《たたず》むようにある。古い松の木は曲がりくねった枝ぶりで、まるで井戸の番人のようであった。

やがて、木の枠で囲んだ井戸の全体の姿が目に入ってきた。

井戸の上には滑車の釣瓶《つるべ》がある。それへ目を向けた時、

「あっ！」

おいちは思わず大きな声を上げていた。

綱を巻き上げる滑車の上に、筆が載せられている。

おいちは井戸の木枠へ走り寄った。井戸の真下へ来ると、滑車の上の筆は一部しか見えなくなったが、それは確かに母の筆に間違いなかった。

一体、どうやって載せたものか。

おいちやお菊くらいの背の高さでは、どれだけ腕を差し伸べても、決して届かない高さである。少女たちの他に誰か、お菊を手伝った者がいるに違いない。

（どうやって、取り戻そう）

釣瓶の綱の一部は、おいちの手の届く所にある。それを引っ張れば、滑車に巻かれた綱は動かすことができる。だが、その瞬間、滑車の上に置かれた筆は、てっぺんから下に転がり落ちるだろう。

都合よく、地面に落ちてくれればよいが、万一、井戸の中に落ちてしまったなら――。

おいちは恐るおそる、井戸の中をのぞき込んだ。

底は見えない。ただ真っ暗な空洞を闇が埋め尽くしているだけだ。

（絶対に釣瓶は動かせない）

おいちは慎重に井戸の縁から離れながら思った。

井戸に蓋ができればよいが、それらしいものもない。残る手は、井戸の木枠によじ登って、滑車の上の筆を取ることだけだ。瓶井坊の住人に知らせに行くこともできたが、その間に誰かが来て、釣瓶を動かしてしまったら——と思うと、おいちは動き出すこともできなかった。

（井戸の枠に上るしかない！）

おいちは心を決めると、履いていた草履を脱ぎ、袖をまくり上げた。それから、裸足で井戸の木枠に近付いた。

近くの松の木の幹に手をかけ、いよいよ息をつめて木枠によじ登ろうとしたその時、

「やめろっ！」

後ろから、大きな声が突然聞こえてきた。驚いて振り返ると、色黒できつい目をした少年の姿がある。

おいちは気をくじかれて、へたり込みそうになった。

「だ、誰なの、あんた」

おいちは切れ長の目を見開いて、少年に尋ねた。

見覚えのない少年である。

おいちより少し年上に見える少年は、村の子供たちとどこか違って見えた。村になじんだ様子がない。百姓の家の子供という感じもしない。では、武士や商人かというと、そうでもなくて、狩人の息子とでも言われれば似合いそうな野性味が感じられた。

「俺は、颯太っていうもんだ」

少年は意外にも素直に答えた。

「それより、お前。何するつもりだ」

颯太はおいちに咎《とが》めるような目を向けて問うた。

「何って、あの釣瓶の上に載ってる筆を――」

おいちが言いかけると、

「筆だって！」

颯太は頓狂な声を上げて、おいちの方に近付いてきた。釣瓶の脇まで来て上を見上げ、

「ああ、本当に筆だな」

と、感心したような声で呟いた。

「あれを取ってほしいんだな」

颯太はおいちに目を向けて尋ねた。その時の眼差《まなざ》しは、最初に現れた時と違って、妙に優しげに見えた。

「うん」

おいちもまた、素直に答えていた。

「俺に任せておけ」

颯太は不意に歯を見せて笑うと、そう言った。野性味の感じられる雰囲気は変わっていないのに、颯太の笑顔はおいちの心に沁《し》みた。

おいちの代わりに、井戸の木枠によじ登って取ってくれるのかと思いきや、そうではなかった。颯太はいきなり、おいちに背を向けてしゃがみ込むと、

「ほら」

と言う。

「えっ、何？」

面食らったおいちが訊き返すと、

「肩車だよ。父さんにやってもらうだろ？」

と、颯太は首だけを後ろに向けて言う。

「あ、あたし、父さん、いないの」

颯太の表情が少し強張《こわば》った。それを見るなり、おいちは慌てて、

「それより、あたしを乗せて持ち上げるなんて、あんたにできるの？」

と、話題を変えた。

「できるさ。落っことしたりしねえから、安心して乗りな」

颯太は肩の辺りを叩《たた》いて、きっぱりと言う。

「うん。それじゃあ」

おいちは覚悟を決めて、颯太の肩に足をかけて乗った。

父がまだ家にいた頃、肩車をしてもらった記憶はある。

あれは、まだ五つか六つの頃だったろう。おいちの形《なり》はその頃より大きいし、そもそも、頼もしかった父の背中と、十歳そこそこの少年の背中ではまったく違う。

だが、颯太は「よいしょっ」と声をかけるなり、井戸の木枠に片手をつけた格好で、不思議なくらいあっさりと立ち上がってみせた。立ち上がると、おいちの両足をしっかりと持って支えてくれる。

「いいか。動く方へ指図をしろ。ゆっくりと動くからな」

颯太の声に従って、おいちは少し前とか、少し左とか、指図をしながら、ゆっくりと滑車に近付いていった。うっかり手を伸ばして、釣瓶のどこかに触り、筆を落としてしまっては元も子もない。

颯太もそれを分かっているから、慎重に少しずつしか動こうとしなかった。

「止まって」

十分に手が届く位置まで来てから、おいちは言った。「よし」と言い、颯太は足を止める。

「お前の体はしっかり持ってるから、安心して手を伸ばしていいぞ」

そう言われた時にはもう、おいちは颯太という少年を完全に信じ切っていた。

おいちは息を止めて、手を滑車に伸ばした。筆は目と同じくらいの位置にある。おいちは手を上の方へ伸ばし、上からゆっくりと慎重に筆をつかみ取った。

「取った！　取ったわ」

「よし、やったな」

おいちの歓声を聞いて、颯太の全身が震えたのが分かった。張りつめていた緊張が解けたのだろう。

颯太はその場に再びしゃがみ込み、おいちは颯太の肩から降りた。

「本当にありがとう。あたしの大事な筆だったの」

「そうみてえだな」

颯太はまぶしげに目を細めて、おいちを見つめていた。

「えっと、颯太だったわよね。あんたのこと、初めて見たわ」

「俺はまだ、三月《みつき》ほど前に、この村に来たばっかりだ」

颯太は答えた。

「えっ、余所《よそ》から来た人なの？」

自分と同じ境遇に、おいちは驚いて訊き返した。この村には余所からやって来て住み着く者などあまりいない。

「うん。姉ちゃんとその旦那と三人で、八千代《やちよ》村から来た」

と、颯太は答えた。八千代村は、真間村と同じ下総国《しもうさのくに》の東側の方にある。

た。


「ここの梨農家の手伝いに雇ってもらったんだ」

梨の栽培ならば、おいちの祖父角左衛門も行っている。訊いてみると、やはり、颯太の一家は、角左衛門の梨農園に雇われ、祖父が用意した貸家に暮らしているということだった。

「あたし、その人の孫なの。でも、お祖父《じい》さんには嫌われてて、母さんと二人、土蔵暮らしなのよ」

名主の家の苦労知らずと見られるのが嫌で、おいちは思わずそう告げていた。雇われ人である颯太から、立場の違うお嬢さんと思われたくなかった。

「ふうん」

だが、颯太はそんなことはどうでもいいと言わんばかりに、軽くうなずくだけであった。

「あたしの筆を隠して、あんな所に置いたのは、あたしの従姉なんだ」

そんなことまでしゃべってしまったが、

「お前も大変なんだな」

そのことにも、颯太はあまり興味を示さなかった。

「まあ、筆が無事に戻ってよかったじゃねえか。それより、もう危ないことすんなよ」

「う、うん」

「困ったことがあったら、俺に言え」

颯太は頼もしげに胸を張って言った。

「うん、そうする」

おいちは素直な気持ちでうなずくことができた。

「あたしの名前、いちっていうの」

それまで名乗っていなかったことに気づいて、おいちは慌てて名乗った。

「でも、どうして、颯太はここに現れたの」

そういえば、どうしておいちが困っていたところへ、都合よく現れてくれたのか、その理由を聞いていなかった。

「駆けてゆくお前を道で見かけたんだよ。すげえ必死そうだったし、それに、困ってるみてえだったからな」

「後をつけてきたの？」

「別に、つけたってわけじゃねえけど……」

颯太は少し困ったように頭に手をやりながら、唇を尖《とが》らせて言う。そうすると、大人びた表情が少し子供っぽくなった。

「責めてるわけじゃないわよ。あたしが困ってるように見えたから、助けてくれようとしたんでしょ？」

「まあ、そうだな」

颯太は照れたように笑った。

浅黒い肌に真っ白な歯が輝いて見えた――。

三

墨を磨るおいちの手はいつしか止まっていた。

「おいち姉さん、おいち姉さんってば――」

傍らの幸松から声をかけられて、はっと我に返る。

「えっ、な、何――?」

「墨はもう十分だと思います」

「あっ、ああ、そうね」

おいちは慌てて、墨を所定の位置へ戻した。それから、歌占のお札の歌を書き写すため、露寒軒から借りた筆を手にしたその時、

「ごめんください」

玄関の方から、若い女の声がした。

「おっ、今日初めての客だな」

露寒軒が心なしか、弾んだ声を出す。

若い女客といえば、まず歌占の客と決まっている。

春になってから、恋の行方を占ってほしいという、若い女客は増える一方だった。

それに引き換え、おいちの代筆の客はといえば、小津屋の手代仁吉《にきち》と、支配人の娘美雪《みゆき》、それから露寒軒が筆屋あずさ屋の主人に宛《あ》てた文、合計で三通の代筆しかしていない。

（このままじゃ、あたしのところへ代筆のお客さんなんて、ずっと来ないいんじゃないかしら――）

ふと不安に駆られることもあった。

やはり、小津屋の美雪に勧められた通り、「代筆屋始めました」という引《ひ》き札《ふだ》を作り、あちこちに配るのがよいのだろうか。

十数年前、日本橋駿河《するが》町の呉服商越後屋《えちごや》が「現銀掛け値なし」の引き札を配り、大繁盛したという話は、江戸へ出て来てから、おいちも耳にしていた。

それほどの効き目を期待しているわけではないし、活版印刷を頼むのも無理だが、たとえ手書きの引き札でも、美しく作ることができれば、そこそこの効き目はあるのではないか。

また、美雪に相談しなくては――おいちがそう心に留めた時、客の出迎えに行った幸松が、新しい客を部屋へ案内してきた。

「いらっしゃいませ」

おいちは筆を置き、体ごと客の方へ向けて、頭を下げた。

「……えっ！」

女客の口から、小さな呟き声が漏れた。おいちは怪訝《けげん》に思いながら顔を上げて、女客の顔を見るなり、

「ええっ！」

客人以上の大きな声を上げてしまった。

「お菊、あんたがどうして――」

おいちが茫然《ぼうぜん》と呟いた直後には、女客――おいちの従姉であるお菊も我に返り、

「あんたの方こそ、どうしてこんなところにいるのよ！」

と、叫ぶように言い返した。

こんなとこと言われたせいか、露寒軒の眉間に不機嫌そうな縦皺《たてじわ》が寄った。

「じゃあ、あんたはあたしを捜して、ここに来たわけじゃないのね」

「当たり前でしょ。あたしがあんたのことなんか捜すわけないじゃないの」

お菊が憎々しげに言い捨てるのを聞くなり、それもそうだと納得して、おいちは安心した。その一方で、何とはない物足りなさや理由の分からない心許なさが、胸の内をよぎっていった。

お菊は、薄紅色の地に桜の花びらを散らした紬《つむぎ》の振袖を着て、銀の簪《かんざし》をさし、上から下まで隙のないおしゃれな装いをしている。真間村にいた頃から、お菊は村の誰よりも、贅《ぜい》沢《たく》な格好をして目立っていた。村の子供たちも、名主の家のお菊は特別であり、それが当たり前だという目で見ていた。

同じ名主の孫娘でも、おいちはただの一度たりとも、お菊のような贅沢などさせてもらったことはない。

お菊も村の他の子供たちも、それを不思議だとも不公平だとも思ってはいなかった。

「あたしは、占いをしてもらいに来たのよ。何よ、ここ、占い屋さんなんでしょ」

お菊は立ったまま訊いた。

「占いではなく、歌占じゃ。表の戸を見なかったのか」

露寒軒がいつになく不機嫌そうに、お菊をじろりと見る。

「見たわよ。見たから来たんじゃないの。それに、すぐそこの兼康《かねやす》に寄ったら、同い年くらいの子たちがここのお店の評判をしていたのよ。よく当たるし、お札も売ってくれるって——」

お菊の言葉を聞くなり、露寒軒の表情が少し和らいだ。

「そうか。わしの評判をな」

もったいぶった様子で、顎鬚《あごひげ》を撫ぜている。

「まあ、そういうことならば、無礼極まる発言は聞き流してやろう。では、そこに座るがよい」

露寒軒が言い、お菊は露寒軒の目の前に座った。戸口の所にいた幸松が、廊下の方に目を向けて「お客さんも中へどうぞ」と声をかけている。

どうやら、お菊には連れがいるらしい。

おいちが怪訝に思いながら、戸口に目を向けていると、のっそりと部屋の中へ入ってきたのは、若い男であった。

「あなたは……確か、喜八《きはち》さん——」

おいちにも見覚えのある男だった。

真間村の百姓の家の息子で、確か、お菊と同い年のはずだ。おいちは親しく口を利いたこともないが、時折、父親と一緒に角左衛門の家へ来ていた。

背が高く、体つきもがっしりして逞《たくま》しい。だが、表情の動きが乏しい上に無口で、歩き方も動きももっさりしている。そのせいか、どことなく年を取って凶暴さを欠いた熊のように見えた。

（そういえば、真間村にいた時も、お菊はこの喜八さんをまるで自分の使用人のように扱っていたっけ）

おとなしい性質《たち》なのか、それとも、名主の孫娘であるという立場に逆らえないのか、喜八はいつもお菊の言いなりに見えた。

「どうして、喜八さんとお菊が一緒にいるの？」

おいちは二人のどちらにともなく尋ねていた。

「この人はあたしの荷物持ちよ。あたしは一人で来たかったけど、お祖父さんとお父さんが許さなかったから、連れてきてあげたのよ」

お菊がつんけんした調子で答えた。

荷物持ちと言われても、喜八はじっと黙っている。

「それより、喜八。あんたは部屋に入ってこなくてもいいのよ。廊下に出ていてちょうだい」

お菊が振り返って言うと、それに対しても何も言い返さず、黙って出ていこうとする。

「あっ、それじゃあ、別のお部屋へご案内いたしますね」

幸松が気を利かせて言い、喜八より先に部屋を出ていった。二人が行ってしまうと、

「して、何を占ってもらいたいのかね」

露寒軒がお菊に目を当てて尋ねた。

「それは、あたしがこの先、好きな人と添い遂げられるかどうかっていうことよ」

それ以外に何がある、とでもいうような口ぶりで、お菊は答えた。

「ならば、この筒の中に手を入れ、そのことを念じながら、お札を一枚引きなさい」

露寒軒はいくつかの筒の中から一つを選び、それをお菊の前に置きながら言った。お菊は膝立ちになると、右の袖を左手で押さえながら、筒の中に手を差し入れた。そして、ずいぶんと長い手間をかけながら、ようやく一枚の紙を選び出した。

露寒軒はそれを受け取り、お札の紙を開いた。


　われはもや安見児《やすみこ》得たり皆人の　得難《えがて》にすといふ安見児得たり

露寒軒はお札の歌を読み上げた。

「なに、それ——？」

お菊はきょとんとしている。

「これがおぬしの引いたお札の歌じゃ。これは、藤原鎌足《かまたり》という人が作った歌で、宮中で誰もが高嶺《たかね》の花として見る美しい女官を手に入れた時の喜びを歌ったものじゃ。その名は安見児という。私は安見児を手に入れたぞ、皆が手に入れることの難しいと言う安見児を、ついに私が手に入れたのだ――というような意味じゃな」

「それで、あたしが頼んだ占いの結果は、どうなんですか」

お菊がいらいらと露寒軒の言葉を遮って尋ねた。

「今の話で分からなかったというのか。せっかちな上に愚かなところは、従妹によう似ておる」

露寒軒が腹立たしげに言い捨てると、

「何ですって！」

お菊が柳眉《りゅうび》を逆立てた。

「露寒軒さま、今の言葉はどういう意味ですか。あたしのどこが、この女に似てるっていうんです？」

おいちも立ち上がりかねないほどの勢いで言い返した。

「まったく……。どのような経緯《いきさつ》があったか知らぬが、それ、そのようにいがみ合っているさまは、そっくりではないか」

露寒軒から言われ、おいちとお菊は互いに顔を見合わせた。

それから、そうやって目を合わせていることさえ不快だというように、二人はほぼ同時に、ふんっと横を向いた。その様子を、露寒軒が半ばあきれた顔で見つめている。

「ところで、そこの客人よ。占いの結果を聞かずともよいのか」

露寒軒が尋ねると、お菊はそうだったという顔つきになり、

「もったいぶった前置きはいいから、結果だけ教えてくださいな」

と、はっきり言った。遠慮というものを知らぬお菊の物言いに、おいちは目を剝いた。

（あたしだって、露寒軒さまにそこまでの口は利けないのに……）

お菊は少しも悪びれたところがない。

「礼儀知らずもよく似ておる――」

露寒軒はぶつぶつ呟いてから、こほんと咳払《せきばら》いをして先を続けた。

「先に申したように、これは恋を得た喜びを詠《よ》んだ歌じゃ。つまり、お前はそのように、想い想われる男と一緒になることができるじゃろう」

「まあ……」

お菊の頰がほのかに色づいた。

「あたしは想い人と一緒になれるんですね。でも、その人、今、どこにいるか分からないんですけど……」

そのお菊の言葉に、おいちの胸はどきんと高鳴る。

（颯太のことだわ。やっぱり、お菊はまだ颯太のことを――）

真間村にいた頃、お菊が颯太に想いを寄せているのではないかと思ったことは、何度か

あった。

時折、道ですれ違った時、颯太に向けられるお菊の眼差しを見た時――。また、お菊の取り巻きの少女たちが、颯太にひそひそと語りかけているのを、見たこともあった。

ただ、颯太の方はお菊を相手にしていなかったし、そもそも、名主の家の娘であるお菊と雇われ人の颯太が一緒になれるはずもない。

だが、露寒軒の歌占に出た結果は、お菊の行末の幸せを示している。お菊が相思相愛の人と結ばれるということは、やがて、颯太がお菊に心を寄せるということなのだろうか。

そう想像するだけで、おいちは胸に痛みを覚えた。

「ねえ、占い師さま。あたしの想い人が今、どこにいるか、教えてください」

お菊はすっかり上機嫌で尋ねた。

その途端、露寒軒の口から怒鳴り声が飛び出してきた。

「愚か者め！　お前がわしに占えと言ったのは、好いた男と一緒になれるかどうかということであろう。その男がどこにいるのかなぞ、知ったことか」

頭ごなしに怒鳴りつけられたことなどないお菊は、一瞬、吃驚《びっくり》した表情を浮かべ、それから鼻白んだ顔つきをしてみせた。

「なら、改めて占ってください」

「そういうことは歌占では占えぬ」

露寒軒はにべもない調子で答えた。

「えっ！　どうしてですか」

「どうしてもじゃ。そういうことを占いたいのなら、別の占い師を当たってもらおう」

「あっ、そう。あたしは客よ。客に対して怒鳴りつけるなんてお店、聞いたこともないわ」

お菊は憎々しげに言い捨てると、さっさと立ち上がろうとした。

するとと、露寒軒はじろりとお菊の顔を見据え、

「そうそう。おぬし、ただ待っておれば、好いた男と一緒になれるなどと思っていないか」

と、顎鬚をしごきながら、おもむろに尋ねた。

「えっ。だって、今、占い師さまがそう言ったじゃないですか」

お菊は再び腰を下に落として訊き返す。

「占いの結果の通りになるかどうかは、その者の心がけ次第じゃ。おぬしに幸《さいわ》いをもたらしてくれる男とて、いつ心を変えるか分からぬからな」

「じゃあ、あたしはどうすればいいんですか」

お菊が尋ねると、露寒軒は待ってましたとでもいうかのように、にやりと笑ってみせた。

それから、こほんと咳払いを一つすると、

「わしのお札を買って、常に肌身離さず持っておることじゃな」

と、もったいぶった口ぶりで重々しく答えた。

「そうすれば、あたしは想い人と一緒になれるんですね」

「想い想われる男とじゃ」

露寒軒は言い直したが、お菊は聞いていなかった。

「それで、お札はおいくらなんです？」

「五百文じゃ」

その返事を聞くなり、お菊の表情はにわかに曇った。

「五百文……」

いつになく、力のない声で呟くように言う。が、おいちの眼差しがあることに気づくと、お菊はきっと顔を上げた。

「別に、五百文が払えないっていうわけじゃないのよ。だけど、家から持ってきたお金は、さっき駿河町の越後屋さんに寄って、ほとんど使ってしまったの。まだ白粉《おしろい》屋さんにも寄ってないし、買いたいものも残っているのに……」

「それで、五百文がないっていうの？」

おいちはあきれて言った。

「お金が払えないなら、さっさと見料の十文だけ払って出てってくださいな」

「何よ、あんた。あたしがいいお札を引いたから、妬《ねた》んでるんでしょう？　あたしが不幸せになるように、お札を買わせないつもりね」

「そんなこと言ってないでしょう。ここはお店なんですから、お金を払ってくれるお客さまには欲しいものを売ります。けど、お金がないならしょうがないじゃないの」

「お金ならあるって言ったでしょ。今から、喜八を真間村に帰して、お金を持ってきてもらうわ。だから、占い師さま。そのお札はあたしに授けてください」

お菊はおいちを無視して、露寒軒に頼み込んだ。

「それはまあ、金さえ払うというのなら、かまわんが……」

露寒軒が承知しそうになったので、おいちは慌てた。お菊がお札を買うというのはともかく、今の話ではお菊が江戸に残るということになる。これ以上、お菊に目の前をうろつかれるのはたまらない。

「ちょっと待ってよ。喜八さんだけ真間村に帰して、あんたはどうするわけ？　お金もないのに、どこに泊まるっていうのよ。それとも、旅籠《はたご》に泊まるくらいのお金はあるっていうの？」

「実は、すでに越後屋さんで、後払いにしてもらった着物があるのよね。越後屋さんは前々から贔屓《ひいき》にしてるから、後払いでも快く売ってくれたけど……」

「あきれた……。だったら、今のあんたは一文無しっていうわけ？　なら、さっさと真間村へ帰ればいいじゃないの。お金は後で喜八さんに届けさせるんでしょ。あんたが江戸に留まる理由なんてないじゃない」

「うるさいわね。あたしにいちいち指図しないでちょうだい」

お菊はぴしりと言って、おいちの口を封じると、改めて露寒軒に向き直った。

「占い師さま、喜八がお金を持ってくるまで、あたしが人質としてここへ残ります。もちろん、一宿一飯のお礼は喜八が持ってきたお金で払わせていただきます。あたしは真間村の名主角左衛門の子、五郎兵衛の娘で菊といいます。お金には困っていませんから、信じていただいて平気です。何なら、あたしの素性はそこの小娘に訊いてください」

「小娘って、いったい、人を何だと思って――」

おいちが怒りに任せて言い返そうとすると、

「ええい、うるさいっ！」

露寒軒の雷が落ちた。

お菊は早くも慣れてしまったのか、びくともせずに平然としている。

「好きにするがいい。金さえ払うのであれば問題はない」

「ちょっと待ってください、露寒軒さま。この家には、客用の夜具だってないんですよ」

「ああ、それなら、損料屋《そんりょうや》から借りてこさせるから平気よ」

お菊が口を挟んで言った。

「だけど、損料屋に支払うお金がないんでしょ。損料の他に、担保料だって取られるっていうのに……」

おいちが指摘すると、お菊ははたと考え込むような表情をした。

「そうねえ。あっ、そうだ。あたしを担保にして、夜具の損料も貸してもらえませんか」

お菊はよいことを思いついたという様子で、にこにこしながら露寒軒に尋ねる。

「何て図々しいの」

　おいちは吐き捨てるように言ったが、露寒軒はもう相手にするのも面倒だという様子で、

「好きにしろ。損料屋のことなら、おさめがよく知っているから、後で引き合わせてやれ」

と、おいちに言った。それから、お菊に向かって、

「これが、おぬしのお札じゃ。見料と合わせて、五百十文、金が届いてから宿代と一緒に払ってもらう」

と告げ、お札を手渡した。

「ありがとうございます」

お菊は嬉しげに言い、押し戴くようにしてお札を受け取ると、しっかりと懐の中に納めた。

「奥の部屋へ行ってもらえ。次の客が来た時に困るではないか」

露寒軒がおいちに向かって言う。おいちは仕方なく、お菊を別の部屋へ案内するべく立った。

幸松は喜八の許にいるのか、まだ戻ってこない。

(何で、あたしがお菊のために、骨を折ってやらなくちゃいけないのよ)

母お鶴の大事な筆を、隠すような真似《まね》をした従姉のために――。

あの時のことはまだ、お菊に謝ってもらっていない。いや、お菊は自分がやったと認め

てさえいない。

（あたしはまだ、許してなんかいないんだから――）

おいちは割り切れない気持ちを抱えながら、お菊の方は見ようとせず、廊下を奥の部屋へと進んでいった。

四

別室で待っていた喜八と幸松、それに、騒々しいのが気になってやって来たというおさめも加わり、その後のことが話し合われた。

足りない金を受け取りに、真間村へ戻れと言われた喜八は、黙って承知した。お菊が人質として、この露寒軒宅に残るという話にも、わずかに目を見開きはしたものの、異議は唱えなかった。

（そんなことは駄目だ、今すぐに真間村へ戻るべきだって、言ってくれればいいのに――）

おいちはやきもきしながら、そう思っていたが、喜八はお菊の言いなりである。

「そうねえ。五両もあれば足りると思うから、お祖父さんとお父さんにはそう言いなさい。分かったわね」

お菊が念を押すと、喜八はもっさりとうなずいた。

「お嬢さん、おたくの家ではこの喜八さんを信用なすってるんでしょうが、こういう時は、一筆添えるのが筋ってもんですよ」

横からおさめが言葉を添える。

「そうねえ」

お菊は考え込むように呟いたが、「でも、面倒だわ」という言葉がそれに続いた。

お菊は手習いの塾に通っていた時も、稽古にはいい加減で、筆跡はいつまで経っても子供っぽかった。特に、おいちが一緒に通うようになって、めきめき上達すると、お菊の方はますます不熱心になった。

「それなら、このおいちさんに書いてもらえばいいですよ。おいちさんは代筆屋もやってるんだからさ」

気を利かせたおさめが、にこにこしながらお菊に持ちかける。

「代筆屋ですって？　あんた、そんなことしてるの？」

お菊がわずかに目を見開いて、おいちを見た。すると、おいちが返事をするより先に、

「そうなんですよ。おいちさんの字がどれだけ上手いか、お嬢さんならよく知ってるんでしょう？」

従姉妹同士の関わりを知る由もないおさめは、相変わらずにこやかに言う。膝の上に置かれていたお菊の手が、いつの間にやら、ぎゅっと握り締められていた。だが、その直後、お菊は何を思ったのか、

「ええ、それはもう。おいちちゃんはいつも、手習いのお師匠さまのご自慢だったもの」

と、おさめに向かって、飛び切りの笑顔を作ってみせた。

（急にどうしたっていうのよ。あたしのこと、おいちちゃんなんて呼んだこと、一度もなかったくせに、気味悪い――）

おいちは何やら不安な気持ちになって、お菊を観察する。だが、お菊は隙《すき》を見せなかった。

「じゃあ、買い物をしすぎてしまったので、お金が足りなくなりました。五両を用意して、喜八さんに持たせてくださいって、代筆してちょうだい。最後に、署名だけはあたしがした方がいいのよね」

「……ええ」

お菊の笑顔を前に、おいちは憮然《ぶぜん》とした表情になってうなずく。お菊が何かよくないことを企んでいるような気がしてならなかった。

だが、それが何か分からぬまま、ひとまずおいちは一人、代筆の文をしたためるため、元の部屋へ戻った。

「お変はりなく過ごし候。当方、江戸にて買物いたし候へども、値は高く、持参せし金子《きんす》足りなくなり候。ついては、五両ばかり、喜八殿に託されたく候。当方は江戸にてお待ち申し候ゆゑ、ゆめ疑ふことあるまじく候。支払ひの後は、ただちに帰り候ゆゑ、ご心配くださるまじく候」

お菊ごときの文のために、露寒軒をわずらわせるのも口惜しい。おいちは適当に文面を考え下書きに書きつけると、事情を話して露寒軒に目を通してもらった。

書物に目を通していた露寒軒は、おいちの書いた下書きに目を通すなり、

「ま、いいだろう。あの莫迦《ばか》娘のために、凝《こ》った文面にする必要もあるまい」

と言った。露寒軒がお菊を莫迦娘と言うのを聞くと、すうっと気持ちが晴れてゆく。

次に清書をしようと考え、おいちは一瞬、躊躇いを覚えた。ふだんならば、ここで母の白真の筆を使うのだが、客はあのお菊である。他のことならば許せるが、お菊は大事な筆を隠した張本人ではないか。

いっそのこと、下書き用の筆で済ませようかと思った時、

「おい、その筆をちょっと見せてみろ」

と、露寒軒が言い出した。

「えっ、あたしの筆ですか」

おいちが訊き返すと、露寒軒は首を横に振った。

「いや、今、お前が使った下書き用の筆の方だ」

おいちがそれを渡すと、露寒軒は筆をじっくり眺めた後、

「もう筆先が傷み、毛も抜けているようだ。そろそろ休ませて供養してやらねばなるまいな」

と、いつになくしみじみした声で言った。

「えっ、供養って――?」

「何じゃ、筆供養も知らんのか」

露寒軒があきれたような声を出す。それから、筆供養とはどんなものか、露寒軒がいつものように語り始めようとした時だった。

「あのう――」

廊下から、低い声が遠慮がちに聞こえてきた。どうやら、喜八のようだ。

「は、はあい」

露寒軒から目で促され、おいちは立って戸を開けにいった。

「文を書き終わったか見てくるように――と、お菊お嬢さんが……」

どことなく心許ない顔つきで、廊下に立っていたのは、案の定、喜八であった。

「今、下書きが終わったところです。清書しますので、待っててください」

おいちは言い、喜八を部屋の中へ入れ、机の方へ戻った。喜八は戸口の近くに座り込み、おいちが書き終わるのを、どこか居心地悪そうな様子で待っている。

結局、おいちは母の筆でお菊の文を清書した。書き終えて顔を上げると、喜八と目が合った。

「乾くまで待ってください」

おいちがそう言うと、喜八は無言でうなずいたが、なぜか、その眼差しに強いものがある。

「何か、お話でも――？」

と、おいちが尋ねると、喜八は再び無言でうなずく。だが、すぐに話し出そうとはしないので、後で話を聞いてほしいということなのだろう。

おいちは墨が乾くと、それを喜八に渡した。お菊が署名だけ書き添えると言っていたが、携帯用の墨と筆は持っているというので、そのまま託すことにする。

喜八に続いて、おいちもお菊らの許へ戻った。

お菊は文に相変わらずの子供っぽい字で署名をすると、

「それじゃ、後は頼んだわよ」

と、ぞんざいな態度で、喜八に文を渡した。

喜八は文をしっかり懐に収めると、お菊が江戸で買い集めたらしい品物を風呂敷包みにして背負い、立ち上がった。

「じゃあ、あたし、お送りします」

おいちは言い、喜八と一緒に部屋を出た。

玄関を出た後、表通りに面して立つ梨の木の前で、二人はどちらからともなく足を止めた。

梨の木は今、いくつもの白く愛らしい花をつけている。おいちにとってそうであるように、喜八にとっても梨の木は身近で親しみやすいはずである。

喜八は梨の花を見つめたまま、なかなか口を開かなかった。

「お菊のことで、何か話があるんでしょう？」

おいちの方から水を向けてみると、喜八はもっさりとうなずいた。

「お菊お嬢さんは……」

喜八は先を続けるのを少し躊躇《ちゅうちょ》するように、口を止めた。その目の奥には、悩ましげな鈍い光が浮かんでいる。

どうしたのだろう――と、おいちが訝《いぶか》しげな目を向けたその時、

「颯太を捜してるんだ」

と、喜八はいきなり先を続けた。

おいちの中で、何かが弾けた。喜八を不審に思っていたことも忘れ、

（やっぱり――）

お菊への妬みと、持って行き場のない怒りで、胸がいっぱいになる。

「どうして、お菊が颯太のことを捜すのよ」

おいちは思わず突っかかるような口ぶりになって、喜八に訊き返した。

そのおいちの問いに関して、喜八は何とも答えなかった。その代わり、

「お菊お嬢さん、万屋《よろずや》に入って人捜しを頼もうとしたんだ。結局、何日もかかるってんで、断っちまったけど、それを聞いてたある女が、その後、お嬢さんに近付いてきて言ったんだ。自分の知り合いが、たぶん、颯太のことを知ってるはずだって――」

と、やはり悩ましげな目の色を浮かべたまま、おいちに告げた。

「ええっ！」

おいちは驚きの声を上げた。

（そういえば、あたしも前に、お菊と似たような目に遭いかけたことがある……）

江戸へやって来た最初の日に、同じような騙《かた》りに引っかかって、男たちに騙《だま》されそうになったことを、おいちは思い出していた。

「お嬢さん、その女の話を信じちまって――」

喜八はさもつらいといった様子で、ぼそぼそと呟くように言う。

「まさか、お金でも要求されたの？」

おいちが尋ねると、喜八は首を横に振った。

「明日の昼八つ（午後二時頃）に、駒込の大円寺《だいえんじ》前の大磯《おおいそ》っていう茶屋へ行くように――と言われた」

「それで、お菊は行くつもりなのね？」

「俺は、やめろって言ったんだが……」

続きは言わず、喜八は再び首を横に振った。

喜八の制止を、お菊が聞き入れるとは思えない。どうやら、お菊はその約束の明日まではどうしても江戸にいなくてはならなくなり、それで買物の費用が足りなくなるという状態を、無理に作り出したのかもしれないと、おいちは思った。

場合によっては、反対する喜八も邪魔になり、真間村へいったん帰すことにしたのではないか。

（お菊ったら、すっかり手玉に取られて――）

江戸へ出て来て、どれほどの月日が経《た》ったというわけでもないが、今の話がいかがわしいということだけは分かる。幸松のように小さな子供でも、金を騙し取られるのが江戸という所なのだ。おいちにも、江戸の怖さが少しずつ分かり始めていた。

「分かった。あたしは、お菊がそこへ行かないように見張っていればいいのね」

おいちは喜八に先んじて言った。

すると、喜八はぱっとうつむいていた顔を上げた。いつもの無表情とは違って、心から安心したというふうに明るい表情を浮かべている。

「頼む。お菊お嬢さんを守ってくれ」

先ほどまでの口下手な喜八とは打って変わったように、必死さのこもった声であった。

お菊のお守《もり》など御免だという気持ちがよぎったが、喜八の熱意を前にして、おいちも口をつぐむ。

（喜八さんはお菊に真剣な想いを寄せているんじゃ――）

名主の家の娘であるお菊は、村の中でも目立つ少女だった。高嶺《たかね》の花であるお菊と添い遂げたいとまでは思わなくとも、お菊に憧れる若者は大勢いた。喜八もその中の一人――そう思っていたが、喜八の想いの深さはただの憧れを超えたものであることに、この時、おいちは初めて気づいた。

（喜八さんは、お菊が颯太を想っていることを知ってて、それでも――）

そう思うと、おいちは切なくなる。颯太が姿を消してもなお、颯太を想い続けている自分と、どこか重なって見えてしまうためかもしれない。

「ところで、喜八さん」

おいちは少し声の調子を改めて切り出した。

「あたしがここにいるってこと、真間村のお祖父さんや伯父《おじ》さんに言わないですよね」

そのおいちの問いかけを聞くと、喜八の明るい表情はたちまち消えた。図体の大きさに似合わず、少し困ったような表情になると、

「でも、お菊お嬢さんはそのことを知らせろって――」

喜八は訥々《とつとつ》とした口ぶりで言う。

「そんなことだろうと思った」

おいちは大袈裟《おおげさ》に溜息を漏らした。

祖父の角左衛門も伯父の五郎兵衛も、おいちのことなどどうでもいいと思っているに違いないが、かといって、世間の手前、居場所が分かれば放っておくことはするまい。

下手をすれば、真間村へ連れ戻される。そうなれば、彼らは二度とおいちが勝手な真似をしないようにと、適当な嫁ぎ先でも見つけてきて、さっさと嫁にゆかせようとするだろう。お菊は無論、そうしたことをすべて承知で、喜八に告げ口させるつもりに違いなかっ

た。

「喜八さんは何でもお菊の言いなりだけど、それじゃあ、喜八さんの想いは、いつまでもお菊に通じないわよ」

おいちは厳しい声で言った。喜八ははっと表情を強張《こわば》らせたが、

「だけど、俺は……お菊お嬢さんの満ち足りた顔を見るのが好きなんだ」

と、朴訥《ぼくとつ》な口ぶりで言い返した。

「たとえお菊が他の人を想ってても――？　お菊が喜八さんに悪事を働けと言っても――？」

喜八は返事をせず、おいちから目をそらした。うなずいたのも同じことだ。

七年前、白真の筆を真間の井の滑車の上に載せるのを手伝ったのは、喜八だったのではないかと、おいちは疑った。喜八を動かすには、お菊を使うしかない。

「いいこと？　もし喜八さんがあたしのことを、真間村の人に話すっていうのなら、あたしもお菊のことなんて知らない。お菊がどこで誰と会おうが、どんな危うい目に遭おうが、放っておくから、そう思ってちょうだい」

おいちが怒りをこめた口調で言うと、喜八の顔は困惑を通り越して苦しげに歪《ゆが》んだ。

「で、どうします？」

考えるだけの間を与えてから、おいちが尋ねると、喜八は観念した様子で肩を落とした。

「おいちさんのことは……誰にも言わねえ」

喜八は喉の奥からしぼり出すような声で言った。それに続けて、

「その代わり、お菊お嬢さんのことはしっかり頼む」

と、この時はきっぱりした口ぶりで、喜八は言った。

「分かった。なら、あたしもお菊のこと、ちゃんと見張ることにします」

満足そうな顔を見せて言うおいちに、喜八は半分情けなさそうな、半分安心したような複雑な表情を浮かべた。

それから、顎を引くと、梨の木坂を一歩一歩、踏み締めるような足取りで下りていった。

五

その日、喜八が去ってしまうと、お菊は露寒軒宅で、信じられないほど勝手気ままに振る舞い始めた。

損料屋の夜具をおいちの部屋に運ばせると、自分は客なのだから一人にしてほしいと言う。

「じゃあ、あたしにどこで寝ろっていうわけ？」

癪《しゃく》に障って言い返すと、

「そんなこと知らないわよ。部屋なら、他にもあるんでしょ」

と、平然と言い返す。

「それじゃあ、おいちさん。あたしの部屋へ来なよ」

そう言ってくれたのは、おさめだった。

おいちとて、お菊と一緒に寝るより、おさめと一緒の方がはるかにいいが、お菊の身勝手さに腸《はらわた》が煮えくり返る。

そして、夕食においては、おさめの作った食事をおとなしく食べたお菊だが、それが終わると、銭湯に行きたいと言い出した。おさめとおいちが案内するのを、さも当たり前というような顔つきをしている。

結局、おさめとおいちの二人が付き添うことになったが、

「本当に、済みません」

おいちが謝ると、おさめは鷹揚《おうよう》に笑った。

「いいよ、いいよ。名主さんのお嬢さんなら、あんなもんだろ。それに、お菊さんってさ。ちやほやされるのが似合ってるんだよね。あの喜八さんって若い男も、まるでお菊さんのためなら、何でもしますっていうみたいに尽くしてたじゃないか。本当なら、それが鼻につくはずなんだけど、不思議とお菊さんにはそういうとこがないんだよね」

おさめが屈託のない調子で言うのを、おいちは複雑な思いで聞いた。

おさめの言う通りだった。確かに、お菊には周りの花を圧倒する牡丹《ぼたん》のような艶《あで》やかさがある。

真間村にいる男たちは、その牡丹の芳香に吸い寄せられた蝶か蜂のようなものだ。

（でも、颯太は違う）

胸の奥底から、湧き上がってくる想いがあった。

——梨の花を詠もうって思ってるんだ。

そう言ってくれた颯太だけは、梨の花を見ていてくれた。牡丹のような華やかさや香り高さがなくとも、梨の花だけを愛してくれた。

颯太の心を疑ったことはない。自分の前から姿を消した今もなお、おいちは颯太の心を信じている。

そして、いつか再会できるということを疑っていない。

だが、何事も思い通りになるのが当たり前という顔をして、露寒軒の歌占でも、幸せを予感させるお札を引き当てたお菊を前にすると、おいちの心は掻《か》き乱された。

そして、その翌日、藤の花をあしらった紬の振袖を着て、念入りに化粧をしているお菊を見ると、おいちは苛立《いらだ》ちがいっそう募るのを覚えた。

（人の気も知らないで——）

だが、喜八との約束を破るわけにはいかない。

「お菊がどこかへ行こうとするかもしれないけど、絶対に目を離しちゃ駄目よ」

おいちは店を開ける前に、幸松によくよく言い含めておいた。

露寒軒とおさめにも話しておこうかと思ったが、おさめは朝食の仕度で忙しそうで、話す暇がなかった。一方、露寒軒はずっと歌占の客の相手をしているから、いざという時、お菊を引き留めることができないだろう。

その点、お菊から警戒されることもなく、その見張り役を果たすことができるのは幸松だった。

「出かけるって言い出したら、どうすればいいんですか」

幸松は真剣な眼差しで問う。

「引き留められるなら引き留めてほしいけど、それが無理なら、すぐにあたしに知らせて。あたしが見つからなければ、おさめさんにでもちゃんと伝えて。それから、その時はあんたがお菊に付き添ってあげてちょうだい」

「分かりました」

幸松はしっかりとうなずいた。

その日、おいちは露寒軒の傍らで、代筆の仕事をしたが、幸松はほとんど部屋にはおらず、ずっとお菊の傍らについていた。お菊の世話を幸松にさせるということは、前もって、露寒軒に了解を得ている。

昼八つに駒込へ行くならば、家を出るのは昼過ぎだろう。その頃には、おいちもお菊の様子に気をつけなければ——と思っていたが、生憎《あいにく》、朝からずっと歌占の客が続いている。幸松に代わって客の出迎え、見送りをすることになったおいちは、なかなか席を外すことができなかった。

だが、お菊を見張らせている幸松からは、特に何も知らせてこない。

（まあ、あのしっかり者の幸松がついているなら、平気だと思うけど……）

歌占の客がいったんはけたのは、昼過ぎである。

おいちは座敷を出て、台所の方へ向かった。

「あっ、おいちさん。今日はおいちさんが先に、お昼を食べるのかい？」

おいちの姿を見るなり、台所にいたおさめが声をかけてきた。

昼食はいつも、露寒軒、おいちの順で摂《と》ることになっている。

「幸松とお菊はいないんですか？」

おいちは尋ねた。

「ああ。ついさっき、二人とも食事を終えてね。何でも、お菊さんが行く所があるって言ってた。幸松は、おいちさんに付き添ってもらった方がいいって、必死になって止めてたけど――。お菊さんときたら、間に合わないとか何とかって、やけに強引でさ。それなら、自分がついて行くって、幸松もついて行っちゃったけど……」

話しながら、おさめがしだいに不安そうな表情になる。

「何か、心配なことでもあるのかい？」

「じゃあ、二人とももう、この家にはいないんですね」

おいちの問いに、おさめがうなずく。

幸松は引き留められなかったのだ。行き先は分かっている。大円寺前の大磯という茶屋であった。

約束は昼八つだから、まだ少しは間がある。しかし、今から追いかけたところで、そこに着く頃には昼八つは回っているだろう。それに、おいち一人だけでは、どうすることもできない。

「ろ、露寒軒さまに相談しなくちゃ――」

おいちは蒼《あお》ざめた顔で言うと、さっと踵《きびす》を返して座敷へ急いだ。

「ちょっと、おいちさん。何があったって言うんだい？」

おさめの驚いた声が追いかけてきたが、おいちは振り返ることもなかった。

「露寒軒さまっ！」

座敷の戸を断りもなく開けて、部屋へ飛び込み、露寒軒の前にくずおれるようにして膝をつく。

「何じゃ。騒々しい」

露寒軒がじろりと目を剝いて、おいちを見た。

おいちは堰《せき》を切ったように、昨日、喜八から聞いたことを話し出した。


それから間もなく、時の鐘が昼八つを告げた頃――。

「あんたはここで待っていて」

大磯という茶屋の前で、お菊にそう言い含められた幸松は、そこに立っているしかなかった。

そもそも、幸松はお菊から目を離すなと言われただけで、お菊が何をしようとしているのか、どんな危うい目に遭う恐れがあるのか、聞かされてはいない。

だが、お菊が茶屋の中へ入ってから少し経った頃、ふらりと通りかかった二人連れの男の顔を見て、幸松は肝を冷やした。一人は初めて見る男だったが、もう一人には見覚えがあった。

（あいつは――駿河台《するがだい》の水沢《みずさわ》さまのお屋敷前で、おいらを騙した奴だ）

あの日、武家に仕える中間《ちゅうげん》の格好をしていた男は、この日はならず者ふうだった。月代《さかやき》もそらず、小袖を着崩し、少し酒でも入っているのか、足取りもおぼつかない。もう一人の見知らぬ男も、同じようなならず者に見えた。

幸松はすぐに顔を背けた。

幸い、男の方は幸松にはまったく気づかなかったようだ。そっと首を回して、横目で男たちの様子をうかがうと、二人は茶屋の前で立ち止まった。

「うまくやれよ」

「ああ」

男たちはにやけた顔で言い合っている。その卑しい顔つきに、幸松は不快になった。

幸松を騙した男はそのまま通り過ぎ、もう一人の男が茶屋の暖簾《のれん》をくぐってゆく。

（あいつら、何か企んでいるんじゃ――）

そう思ううちにも、幸松を騙した男は去っていってしまう。

（あいつを追いかけて、番屋に突き出してやらなくちゃ――）

幸松の心に激しい思いが湧き上がってきたが、そうなると、お菊を放り出すことになる。おいちからお菊を見張るように頼まれたことを思い出し、幸松は男の背中を睨《にら》みつけつつも踏みとどまった。

（まさか、あの男がお菊姉さんと会うわけじゃないだろうな）

茶屋に入っていった男を、悪者と決めつけることはできない。だが、幸松を騙した男とつるんでいたというだけで、幸松の目には、彼らが悪だくみを働く仲間同士に見えた。

気になった幸松は暖簾越しに茶屋の中をのぞいてみたが、男は店番らしい老婆に声をかけると、そのまま二階へ上がっていってしまい、姿は見えなくなった。

（お菊姉さんもやっぱり、二階にいるんだろうか）

少なくとも、暖簾越しに見える場所にお菊の姿はないようだった。

幸松はしばらく躊躇していたが、やがて、思い切って茶屋の中へ入ると、店番の老婆に尋ねた。

「さっき、ここへ入った藤の振袖を着たお姉さんは、今も一人ですか」

「ああ、あの娘さんなら、今さっき、連れの男が入っていったよ」

老婆は面倒くさそうな口ぶりで答えた。

「それって、今入ってったばかりの酔っ払いですか」

「ああ、深い仲なんだろ。こんなところで逢《あ》おうって言うんだからね」

老婆は卑しげな笑いを浮かべ、歯を見せて言った。

それを聞いた直後、幸松は猛烈な勢いで階段を上り始めた。

「あっ、ちょいと、小僧さん。勝手に入っちゃ困るよ」

老婆の声が追いかけてきたが、幸松は必死だった。老婆の言う意味は分からなかったが、お菊にあの男を会わせてはならないということは分かる。

（おいらを騙したあいつみたいに、あの酔っ払いもお菊姉さんから、お金を騙し取ろうっていうつもりなんだ）

幸松は二階へ駆け上るなり、

「お菊姉さん！」

と、声を上げながら、一番手前の戸口を開けた。幸い、別の客の部屋ではなく、お菊のいる部屋であった。

「幸松っ！」

お菊が救われたような声を上げる。

壁際に背中をつけ、脅えたような表情をしているお菊の前で、男は膝立ちになっていた。

「何だ、小僧」

男は振り向くなり、幸松に濁った目を向けた。幸松はすばやく二人の間に割って入り、お菊を背に仁王立ちになった。

「お前、お菊姉さんのことを騙すつもりだな」

幸松は大声を張り上げて言った。

「何言ってやがる。どこに、そんな証《あかし》があるってんだ」

男が目をつり上げ、幸松を睨みつけてくる。幸松は怯《ひる》むことなく腹に力をこめて言い返した。

「お前が茶屋の前で別れた奴は、前に駿河台のお屋敷で、おいらから金を騙し取った奴だった。お前はあいつの仲間なんだろう」

幸松が言い終えるより早く、

「何ですって？」

お菊の口から甲高い声が上がった。その様子を横目で見るなり、男がちっと舌打ちした。もはやお菊を丸め込むことはできないと踏んだのだろう。その直後、男は幸松を跳ね除《の》けると、お菊の膝元に置かれていた一両小判をつかみ取った。そのまま即座に部屋を飛び出すと、階段を駆け下りてゆく。

「あっ、あたしのお金――」

お菊が叫んだ。

「待ってて。おいらが取り返してきます」

幸松は言うなり、男を追いかけていった。

「待てーっ！」

幸松は息を切らせながらも、茶屋の店先で大声を出しながら、男の背中を追った。道行く人が幸松に目を向ける。その中に、幸松の見知った顔があった。

「何があった、幸松！」

露寒軒とおいち、おさめの三人連れである。

幸松は必死になって、男の背中を指さした。

「あいつ、お菊姉さんを騙して、金を奪ったんだ――」

男は露寒軒らとすれ違い、すでに二間ほどは先へ進んでいた。

「何じゃと――」

露寒軒は幸松の言葉を聞くなり、たちまち踵を返し、男に向かって走り出す。

若い男と、六十を過ぎた老人では、足の速さに差が出るのは当たり前である。だが、この時は、男が酒に酔っていた。露寒軒も老人とは思えぬすばやい身のこなしで、

「待たぬか、この不埒者《ふらちもの》めっ！」

と、怒鳴り声を上げながら、男の背に追いついた。そして、持っていた杖《つえ》を振り上げるなり、男の右肩をしたたかに打ちつけた。

「うわあっ！」

ならず者の男の口から、叫び声が上がる。男は肩を手で押さえながら、よろよろと二、三歩よろけた。そこへすかさず、露寒軒の杖が男の左脇腹を叩きつける。男はそのままよろめいて、地面に横倒れになり、呻《うめ》き声を上げた。

「お前が騙した女は、わしのところの客人じゃ」

露寒軒が男を鋭い眼光で睨み据えながら、言い放った。

「こいつは、前においらを騙して金を取った男とつるんでたんだ！」

幸松が追いつくと、男を指さしながら告げた。

「何じゃと――」

露寒軒は言い、男が右手をしっかりと握っているのを見て取ると、幸松に金を取り返せと目で合図した。

幸松はしゃがみ込んで、お菊の金を取り戻した。

「お菊ったら、お金はもう無いとか言っていたのに……」

傍まで来たおいちが、あきれた声を上げる。

おそらく、お金を全部使い切ったふりをして、一両だけは颯太の行方を教えてもらう礼金として取っておいたのだろう。

だが、騙されたことを知り、あのお菊も今頃は反省しているに違いない。

「くそ爺《じじい》っ、よくもやりやがったな」

その時、倒れ伏していた男が呻きながらも起き上がり、逃げ出そうとした。

「待ていっ！」

すかさず、露寒軒の杖が男の脛《すね》を打ち据える。

「うわっ！」

男は避けようとして体勢を崩し、そのまま転んだ。

「逃がすかっ！」

露寒軒は男の体の上に馬乗りになるや、

「おい、幸松。茶屋のおかみから縄をもらってこい。こやつは詐欺師じゃ。ひっ捕らえて番屋に突き出してやる。さすれば、こやつの仲間のことも割れるじゃろうて」

と、大声を放った。幸松が「はいっ」と返事をして、茶屋の方へ駆け出してゆく。道行く人々がこの捕り物を遠巻きにして、興奮気味に言葉を交わし、囃《はや》し立てている。

「前にも一度、見ましたけれど……」

おいちは傍らのおさめに、小声でささやいた。

「露寒軒さまって、本当にお強いんですね」

「お若い頃の話は聞いたことないけど、きっとすごい剣豪だったんじゃないかねえ」

おさめも感心した様子で言う。

ややあってから、幸松が茶屋のおかみの老婆と共に、縄を持って走ってきた。その後ろには、蒼白い顔をしたお菊が、茫然とした様子で立ち尽くしていた。

六

その日、お菊を伴った一同が、露寒軒宅にたどり着いた時には、真間村から一日で引き返してきた喜八が家の前にいた。

駒込の茶屋で何かあったのではないかと、やきもきしながら待っていたのだろう。お菊の無事な姿を見るなり、ほっとしたような表情を浮かべた。その喜八の眼差しがおいちにつと注がれた。感謝する——というように、喜八の太い首がゆっくりと縦に動く。

その眼差しを見た時、おいちは喜八という実直な男の本当の姿を見たように思った。

喜八はただ女の言いなりになるだけの男ではない。お菊が跳ねっ返りなことをして失敗しそうになっても、能《あた》う限り防ぎ、見守り、すべてを許してくれる男なのだ。

(こんな人に想われていることに気づかないなんて、お菊は莫迦《ばか》よ)

おいちは思わず、心の中で呟いていた。

それから、喜八も交えて、皆は座敷に顔をそろえて座った。歌占も代筆も休みにして、お菊から事の顚末《てんまつ》を聞くことになる。

お菊はやはり、颯太の行方を知りたくて、大磯という茶屋に行ったということであった。金一両は礼金として渡すために、別に取っておいたのだという。

大磯の茶屋で待ち合わせた男のことは、お菊は何も知らず、その日が初対面であった。ただ、あの茶屋の一室で待っていれば、颯太の行方を知る者が来て、金一両と引き換えに教えてくれると言われていただけなのである。

「あの男、いきなりあたしに迫ってきたのよ」

ようやく恐怖が遠のき、いつもの調子が戻ってきたらしく、腹立たしげにお菊はまくしたてた。それでも、茶屋で男と二人きりになり、襲われかけたという恐怖はなおも残っているらしく、お菊は唇を嚙《か》み締めていた。

「お菊が無事だったのは、幸松のお手柄ね」

おいちが幸松を称《たた》えて言うと、

「おいち姉さんから、お菊姉さんを見張るように言われたからです。おいら、お菊姉さんがあの男に騙されるんじゃないかって、無我夢中でした」

幸松は少し照れくさそうな表情を浮かべる。

「本当にそうだわ。あたし、幸松にはどれだけ感謝してもしきれない」

お菊は、幸松がおいちから見張りを頼まれたという部分は都合よく聞き流し、幸松にだけ神妙な顔を向けて言った。

「あんたのお蔭よ。本当にありがとう」

幸松に体ごと向き直ると、お菊は膝を進めてその両手を取った。

「今度、あたしの家にも遊びに来てちょうだい。下総の真間村は、江戸からそんなに遠くないんだから。お祖父さんにもお父さんにもあんたのことを話して、うんと歓待してもらうから」

お菊から熱い眼差しを注がれて、幸松は顔を上気させながら嬉しげにうなずいた。

傍らでは、喜八が無言のまま、複雑な表情を浮かべている。

「占い師の先生にも助けていただき、ありがとうございました。先生には改めて、真間村の実家より謝礼をさせていただくことになると思います」

お菊は最後に、露寒軒に向かって丁寧に頭を下げた。

「そんなものは要《い》らぬ。歌占とお札の金だけを支払い、さっさと帰るがいい。そして、これからは齢《とし》相応に、慎重に振る舞うことだな」

露寒軒は辛辣《しんらつ》な口ぶりで言うと、礼など要らぬとばかりに右手を横に振った。

露寒軒への感謝の言葉を申し述べると、お菊は言うべきことはすべて言ったという顔つきになり、疲れたから休みたいと言い出した。

そこで、お菊はこの日はこのまま露寒軒宅で休息し、翌朝、喜八と一緒に真間村へ帰ることになった。

最後まで、おいちに礼は言わぬつもりなのだろう。その徹底した態度が逆にお菊らしくて、おいちは腹も立たなかった。

お菊は夕食も要らぬと言い、そのまま部屋へ引き取って休んでしまった。

「……かわいそうにねえ」

お菊が二階の部屋へ引き取ってしまった後、おさめが独り言のように言う。

「怖い目に遭ったことですか。そりゃあ、かわいそうですけど、でも、幸松のお蔭で一応無事だったんだし……。少し怖い目に遭って、これからは自重するようになるんじゃないかしら」

おいちは辛辣な口ぶりで言った。

それを聞くと、おさめはほろ苦く笑った。

「そうじゃなくって――。颯太さんのことだよ」

「颯太のこと――？」

「だって、颯太さんの名前を出されただけで、あんなに必死になって、よく知りもしない場所に足を運んでさ。まるで、江戸へやって来た時のおいちさんと同じじゃないか」

そのことを言われると、耳が痛い。

確かに、露寒軒とおさめに助けてもらわなければ、おいちも同じような目に遭っていたのだ。

「だけど、おいちさんはいいよ。颯太さんはおいちさんを想ってたんだからさ」

「えっ……？」

「お菊さんは、自分が想われてないってこと、心の中じゃ分かってるんだろうね。それでも、あきらめきれないで、つらい思いをしてるんじゃないかな。おいちさんみたいに、信じて待つこともできないいんだよ。いつか、好いた人が自分のところに帰ってきてくれるってさ」

「……そんな――」

おいちは愕然《がくぜん》とした。

お菊のことを、どうしようもない傲慢《ごうまん》なわがまま娘と思っていたが、傲慢なのは自分の方だったのか。

思いがけないおさめの言葉は、おいちの心に複雑な影を落とした。

翌朝、お菊と喜八を加えた総勢六人で朝食を終えた後、おいちはいつものように店を開く仕度にかかった。

お菊と喜八は昼食を摂ってから、ここを発《た》つというので、おいちは特にお菊と何も話していない。といって、別れを惜しむような間柄でもなく、真間村の祖父や伯父に何か言伝《ことづて》があるわけでもない。

(あっ、でも、あたしがここにいること、真間村の人たちには黙っていてもらわないと——)

喜八はおいちとの約束を守って何も言っていないだろうが、果たしてお菊はどうか。家へ帰り着くなり、おいちがここにいることを、家の者にしゃべり散らすのではないか。そう思うと、おいちは不安であった。

(幸松から口添えしてもらおうかしら)

お菊は幸松には恩義を感じているはずだから、その頼みなら聞いてくれるかもしれない。そんなことをあれこれ思案しているうちに、いつの間にか店を開く時刻になり、その後は歌占の客が立て続けに訪れたため、おいちの考えはまとまらなかった。

やがて、客が途絶えた合間を縫って、幸松が座敷にやって来た。

「お菊姉さんが、おいち姉さんに代筆をまた頼みたいって言ってます」

と、告げながら、一枚の紙を差し出す。

「これが下書きだそうです。清書してほしいって——」

「分かったわ。お菊が発つお昼までにはちゃんと書き上げておくから——」

そう返事をしているうちに、また、新たな客が来て、おいちは出迎えに行かねばならず、お菊の下書きを見るのは後回しになってしまった。

歌占の客が途絶え、おいちがお菊からの頼まれごとに取り組もうと、その下書きに目を通したのは、もう間もなく昼の九つ（十二時頃）になろうという時であった。

紙を開けてみると、子供っぽい字が書き連ねられてある。

「この度はご迷惑をおかけいたし候」と始まっていた。江戸の知り合いに渡してゆく文なのか。それとも、真間村の誰かに宛てた文なのか。よく分からぬまま、おいちは先を読み続けた。

「この度はご迷惑をおかけいたし候。お前さまを疎ましく思ふ月日の過ぐるにつれ、思ふこと、ありのままに言ふこと難《かた》くなり申し候。されど、ただ一言、言はざるべからざることあり候。御筆のこと、ただひとへに申し訳なく候。御筆、御手許にあること、存じ居り候へども、御詫《わ》び方々、お前さまに……」

――この度はご迷惑をかけました。あんたを憎らしいと思う歳月が過ぎるにつれ、思っていることを正直に言うことができなくなっちゃったの。でも、どうしても一言だけ、言わなくちゃいけないことがある。昔、あんたの筆を盗んで隠してしまったこと、あのことだけはただただ申し訳なく思っています。あの筆をあんたが取り戻して、今も手許に置いてるってことは知ってる。でも、あの時のお詫びに……。

そこまで読み進めると、

「幸松っ！」

おいちはお菊の文を手にしたまま、座敷を飛び出していた。

「何ですか、おいち姉さん」

台所の方からやって来た幸松が、廊下をこちらへ小走りに駆けてくる。

「お菊はどこ？　まだここにいるんでしょう？」

おいちが息を弾ませながら問うと、幸松は少し気まずそうな表情を浮かべた。

「実は、おいち姉さん。お菊姉さんと喜八さんは、もうとっくにここを発っちゃったんです」

「だって、発つのは昼過ぎって――」

「おいち姉さんにはそう言ってほしいって、お菊姉さんが言ったんです」

幸松の後ろから現れたおさめも、少し困ったような表情をしている。

「皆、そのこと知ってて――」

「ごめんなさい、おいち姉さん。その文も、自分がここを出ていってから、渡してほしいってお菊姉さんから言われてたんです。それから、もう一つ、預かったものがあります」

幸松はそう言って、懐から細いものを取り出した。

新しい筆であった。

「お菊姉さんが、喜八さんに頼んで、ここへ来るまでに買ってきてもらったものなんですって。おいち姉さんにって――」

「御詫び方々、お前さまに差し上げたきもの、これあり候。めでたくかしく」

それが、この筆だというのか。おいちは幸松の差し出す筆を受け取った。どういうわけか、手が震えた。

「どうして――。いつでも身勝手なんだから！」

おいちは叫ぶように言うと、幸松とおさめにくるりと背を向けた。細筆を握り締める手が、受け取った時以上にぶるぶると震えている。

「……おいち姉さん」

幸松が心配そうに声をかけてきたが、おいちは答えなかった。幸松の両肩におさめが手を置き、それ以上、何も言うなというように、首を横に振ってみせる。

おいちはそのまま、露寒軒のいる座敷へ駆け戻った。

「露寒軒さまも……知っていらしたんですか」

露寒軒の前に膝をついて座り、おいちは尋ねた。

その問いに、露寒軒は否か応かでは答えなかった。何のことかと訊き返すこともなかっ

た。その代わり、

「お前がずっと使ってきた下書き用の筆だがな」

と言い出した。

「あっ、筆供養をなさるっていう——」

おいちは思い出してうなずいた。

あの筆は、あれ以来、使っていない。露寒軒のお札を書く時には、最近、めっきり筆を使うことの少なくなった露寒軒の筆を借りて、書き写していた。

だが、筆記具入れの箱を見ても、その古い筆が見当たらない。そのことに気づいて、露寒軒の顔を見ると、

「あれは、お前の従姉に託したぞ」

と、落ち着いた口ぶりで告げた。昨夜、おいちとおさめが二階へ引き取ってから、お菊が起き出してきて、露寒軒に改めて礼と詫びを告げた時のことだという。

「帰りがけ、亀戸天神《かめいどてんじん》へ寄って、筆塚に納めてもらえと命じておいた」

「筆塚へ——？」

「あの小娘もお前同様、筆供養のことを知らなかった。筆供養とは、古くなって使えなくなった筆を甕《かめ》に入れて土中に埋めたり、あるいはお焚《た》き上げにして休んでもらう儀式のことじゃ。学問の神と言われる菅原道真公を祀《まつ》った天神さまで、その供養をしてくれることが多い。この辺りでは、亀戸天神でそれをしている。お前と幸松を行かせようかと思うた

が、あの小娘は筆に縁が深そうじゃったのでな。頼むことにした」

露寒軒は一昨日、おいちが聞きそびれた筆供養について、説明を加えながらそう告げた。

「あの小娘は、最後に言うておったぞ。お前より字が上手になりたかったが、自分には才がないと分かっていたので、これまでずっと怠けてきた。だが、それを生業《なりわい》にして自活しているお前を見て、口惜しくてたまらなくなった。これからは、必死に稽古をして、お前より字が上手になりたい、と――」

「それで、露寒軒さまは何ておっしゃったんです？」

純粋な興味が湧いてきて、おいちは少し元気を取り戻しながら尋ねた。

「ならば、わしが手ほどきしてやろうかと言ったら、ぜひ――と言うものだから、手本を書いてやった」

露寒軒は得意げに胸を張って言う。

「えっ？　そのう、お菊は何て――？」

恐るおそる尋ねると、

「独特な味わいのある字だと言うておった。しばらくは、驚きのあまり、言葉もないようだったがな」

露寒軒は愉快そうに口許をほころばせて言った。

それはそうだろう。露寒軒の悪筆を見たお菊がどんな顔をしたか、おいちも見てみたかった。

その時、痛切に、おいちの胸に寂しさが込み上げてきた。

それは、真間村を一人で飛び出してきた時には、まったく感じなかった寂しさであった。

血のつながった肉親と離ればなれになる寂しさ——それを、おいちはこの時初めて、お菊に感じた。

「自分も、ただ上手な字ではなく、味わい深い字を目指すことにすると、豪語しておったぞ」

「えっ……？」

もしかして、お菊は本心から、露寒軒の筆跡を味わい深いと思ったのであろうか。

その真意をはかりかねて、おいちは首をかしげるしかなかった。

第二話　たらちねの

一

暦は三月を迎え、うららかな春の日が続いている。

おいちの従姉《いとこ》お菊が去ってから、露寒軒宅の梨の花は満開の時を迎えた。愛らしく清らかな白い花をいくつも咲かせている。

おいちは毎朝、表玄関へ出ては梨の花を見上げ、夜寝る前にも、月明かりにぼうっと白く浮かび上がる梨の花を、二階の窓から見下ろすのが常となっていた。

お菊らがいなくなってから、幸松は再び、客の出迎え、見送りなどの雑用を一手に引き受けてくれている。

時には、おいちの傍らでその代筆業を点検し、

「おいち姉さん、そこの下《しも》の句、別の歌のものになっていますよ」

などと、指摘をしてくれた。

「えっ！　本当――？」

おいちは驚いて、傍らの『万葉集』をもう一度よく見直してみる。

おいちが写していたのは、『万葉集』巻四の七五四番の歌であった。

夜のほどろ我が出でて来れば我妹子《わぎもこ》が　思へりしくし面影に見ゆ

そして、幸松が指さしている歌は、次の次の歌である七五六番の歌であった。

外に居て恋《こ》ふれば苦し我妹子を　継ぎて相見む事計りせよ

「ああ、もう。同じような場所に、同じような言葉があるから、目が移ってしまうんだわ」

おいちは口を尖《とが》らせて、溜息交じりに言った。

「でも、おいち姉さん、三句目は確かに似ているけれど、こっちは『我妹子が』で、こっちは『我妹子を』ですよ」

幸松がそれぞれの歌の三句目を指さしながら、くわしく説明してくれる。

「それに、意味もぜんぜん違っているのに……」

「意味なんて、ほとんど分からないもの」

おいちは小さな声で呟《つぶや》いた。「我妹子」が愛しい娘ということくらいは分かる。また、「夜」とか「思ふ」とか「恋」などの言葉は、漢字でも理解できるが、歌の意味は分からなかった。

「意味もよく分からずに写すなんて、もったいないですよ。たとえば、ほら、七五四番の歌は大伴家持《おおとものやかもち》が作ったものですが、七五六番は田村　大嬢《おおいらつめ》という女の人が作った歌です。意味は違っていて当たり前です」

「ほんとだ……」

作者の名前など、ほとんど目も通さずに写していたが、確かにこの二首の歌は男女別々である。

「でも、我妹子って、男から女を呼ぶ言葉じゃなかったかしら」

おいちが首をかしげると、

「そういえば、そうですね」

幸松もそこまでは理解が行き届いていないらしく、おいちと同じように首をかしげた。

そこで、幸松とおいちの眼差《まなざ》しは、傍らで書物に目を落としている露寒軒の方へ、自《おの》ずと向かう。

客のいない時、露寒軒はたいてい書物を読みふけっている。時折、おいちを叱りつけたり、二人を相手に歌の薀蓄《うんちく》を述べたりすることはあるが、おいちと幸松の会話に口を挟んでくることはなかった。

だが、二人からじいっと見られていれば、無視し続けることもできなかったのか、

「ええい、何事だ。客もおらぬというのに、わしは落ち着いて書見もできぬというのか」

露寒軒は書物から顔を上げ、二人をじろりと見た。

「申し訳ありません、旦那さま。でも、おいち姉さんにもおいらにも、分からないことがあって……」

おいちよりも、露寒軒の扱い方を心得ている幸松が、先に口を開く。

「何事だ」

不機嫌そうな声を返しながらも、露寒軒は幸松の質問に答えてやれるのが嬉《うれ》しそうだ。目の奥に浮かぶ生き生きした光が、それをうかがわせる。

「この歌ですけれども、田村大嬢は女の人なのに、どうして我妹子なんて使ったんでしょうか」

幸松が調子よく、歌を示しながら、露寒軒に問うた。

「ふうむ、この歌は田村大嬢が異母妹の坂上大嬢に贈った歌じゃ。余所《よそ》ながら恋しく思うのはつらいゆえ、何度も会えるよう計らってほしいと述べておる」

露寒軒はたちどころに説明を始めた。

「お前たちは勘違いをしておるようじゃが、妹《いも》という語は、男が妻や恋人を指して言う場合もあれば、姉妹を指す場合もあり、また女が自分の姉妹や親しい友を呼ぶ時に使うこともある。ゆえに、この歌は何ら不思議なことはないのじゃ」

「なるほど、そうだったんですか。おいら、初めて知りました」

幸松はすっきりした表情になって、露寒軒に感謝の言葉を述べると、

「謎が解けてよかったですね、おいち姉さん」

と、おいちにも忘れずに声をかけた。

「あのう、ならば、こちらの大伴家持さんのお歌は、どういう意味なんですか」

おいちはこの機を逃さず、もう一首の歌の意味について尋ねてみた。露寒軒は文句を垂れていたのも忘れたように、すかさず答えてくれる。

「これはじゃな。夜がまだ明けぬうちに、出て行く自分を見送ってくれたお前の顔が、今も面影に立つ――という意味じゃ。家持が妻に贈った歌じゃ。この妻というのが、先ほどの坂上大嬢じゃよ」

「大伴家持さまが坂上大嬢に贈った歌というのは、『万葉集』にすごくたくさん載っているんですよね」

露寒軒の言葉に続いて、幸松が言った。

坂上大嬢という人は、夫からも異母姉からも愛されていたのだろう。身内に恵まれたその人の人生を思うと、おいちはつと寂しさを覚えた。

(あたしは、颯太から歌を贈ってもらえる日が来るんだろうか)

そのことを疑う気持ちが、胸の底から湧《わ》き上がってきてしまう。

その時だった。

「おい、何やらおかしな声が聞こえぬか」

露寒軒が眉間に皺《しわ》を寄せて言う。

「あっ、ほんとだ。誰かが泣いてるみたいな声がします」

幸松が耳を澄まして言った。おいちは、幸松にやや遅れて、その声に気づいた。

(ご老人はふつう、耳が遠くなるもんだけど……)

露寒軒だけは違うようである。おいちが妙なところに感心していると、

「おいら、外へ行って見てきます」

露寒軒から指図があるより先に、幸松が立ち上がって部屋を出ていった。

「幸松はほんとに、よく気のつく子ですね」

おいちが感心して言うと、

「お前も少しは見習うとよい」

露寒軒からは嫌味の言葉が返ってきた。おいちがむっとした表情を浮かべつつも、言い返すのをこらえていると、それほど間を置かずに、幸松が戻ってきた。

「大変です。旦那さま、おいち姉さん!」

戸を開けて入ってくるなり、幸松が声を押し殺しつつも、昂奮《こうふん》冷めやらぬといった口ぶりで言った。

「おさめさんが台所で、おいおい泣いてるんです!」

「えっ、おさめさんが!」

おいちは立ち上がっていた。そして、机の前に飛び出すなり、幸松の横をすり抜けて、廊下を台所の方へと小走りに向かう。

「あっ、待ってくださいっ！　今は、声をかけない方が……」

幸松の躊躇《ためら》いがちな声が追いかけてきたが、おいちは廊下を突き進んだ。

そうする間も、おさめの泣き声はしだいに大きくなってゆく。

（おさめさんがこんなに声を放って泣くなんて――。仙太郎《せんたろう》さんと何かあったのかしら）

仙太郎とは、浅草の干物問屋である近江屋《おうみや》の跡取りで、おさめの実の息子である。おさめは婚家を出されていたので、今は別々に暮らしているが、つい先ごろ、母子としての付き合いが始まったばかりであった。

（もしかしたら、二人が会ってることが近江屋の人に知られて、何か言われたりしたのかしら）

そんなことを案じながら、台所まで行くと、おさめが廊下に背を向けた形で板の間に座り込んでいる。

「おさめさん、どうしたんですか」

おいちが声をかけると、

「ああ、おいちさん――」

おさめは泣き濡れた顔で振り返り、少し恥ずかしそうに鼻紙を出して鼻をかんだ。

「一体何があったんですか。何でも言ってください。あたし、おさめさんのお力になりたいんです！」

おいちが懸命な口ぶりで言うと、おさめの泣きはらした顔にほんの少し笑みが浮かんだ。

「力になってくれるって、ありがたいけどさ。こればかりは、おいちさんが力になってくれてもねえ……」

おさめは言いながら、膝に目を落とした。よく見ると、おさめの膝には何やら冊子本が載っている。

「おさめさん、それは……？」

おさめはどうやら、その本を読んでいたようだ。

「これかい？　これは『角田川《すみだがわ》物語』っていう仮名草子《かなぞうし》だよ」

おさめは落ち着きを取り戻した声で言い、おいちにその表紙を向けて見せた。

それから、仮名草子本『角田川物語』を手にしたおさめを伴い、おいちはいつもの座敷へ戻った。

話の顚末《てんまつ》を聞いた露寒軒は、あきれ果てた表情を浮かべながら、

「まったく、そろいもそろって粗忽者《そこつもの》じゃ」

と、幸松とおいちをかわるがわる見ながら言う。

二人とも、きまり悪そうに目を見交わした。

「それにしても、露寒軒さま。この『角田川物語』ってのはよくできてますねえ。あたしゃ、もう、涙が止まらなくって……。これは一体、誰が書いたものなんでしょうねえ」

おさめが持っている本には、作者の名前が記されていない。露寒軒は、おさめの言葉を

聞くと、ふんっと鼻を鳴らした。

「それは、誰それの作品などといって、堂々と売り出せるものではない。そもそも、うんと昔から伝わっている説話をもとにしたものじゃ」

「まあ、うんと昔から――？」

おさめが目を丸くして問う。

「さよう。お前たちは知らぬかもしれんが、能楽には『隅田川』という演目があり、また説教節にも同じ『隅田川』がある。まあ、こちらは『梅若《うめわか》』ともいうがな」

「お能はもちろんですけど、あたし、説教節も聞いたことありません」

おいちが言うと、幸松も「おいらもです」と続けて言った。

「あたしは子供の頃、日本橋の説教座で人形操りを観たことがありますけど……。でも、確か『山椒大夫《さんしょうだゆう》』とか『しんとく丸』とかで、『隅田川』ってのは知りませんでしたねえ」

おさめが言うと、露寒軒はおもむろに咳払《せきばら》いを一つした。

「そもそも、最も古い形は能楽『隅田川』と言われている。これは謡曲というがな。ここでは、京からやって来た女が一人、隅田川の渡し舟に乗る。すると、川岸に多くの人々が集まっている。そこで理由を尋ねてみると、吉田の某《なにがし》という男の息子が、隅田川のほとりでのたれ死んだという。哀れんだ人々が、塚を築いて柳の木を植え、法要していたのだ。女はそれこそ捜していた我が子だと言い、塚を掘って我が子に会いたいと嘆くが、甲斐《かい》のないことだと渡し守《もり》から諭される。すると、そこへ亡くなった子の亡霊が現れ、再会に心震わせたのもつかの間、やがて夜明けが訪れると、子の亡霊は消えてしまった。改めて塚をよく見れば、そこには草が生えているだけだったという話じゃ」

「ああ、それそれ。まさに、あたしが読んだこの本と同じですよ。ほんとにもう、母と子が再会するところなんかは、涙が止まらなくなっちまって……」

おさめが再び涙ぐみながら、言った。

「その謡曲の作者は、観世元雅《かんぜもとまさ》と言われておる。世阿弥《ぜあみ》の息子じゃな。だから、まあ、三百年近く前からあった話じゃ。この元雅とて、独自に考えたのではなく、世間に伝わっている話をもとに、この謡曲を書いたと言われておる」

「そうだったんですねえ」

露寒軒の説明が終わったところで、おさめは再び鼻紙を取り出して鼻に押し当てながら言った。その後、

「それにしても、このお話はほんとに胸が揺さぶられるからさ。おいちさんもぜひ読んでみるといいよ」

おさめは言いながら、おいちに冊子本を差し出してきた。

「えっ、いいんですか」

「あたしはもう読んじまったからかまわないよ」

おいちはおさめに礼を言って、冊子本を受け取った。その様子を、幸松が傍らでうらやましそうに見つめている。

「ところで、説教座の人形操りっていうのは、今でもやっているものなんですか」

おいちが誰にともなく尋ねた。ついこの間まで暮らしていた下総国の真間村では、人形操りなどを観る機会は一度もなかった。

「ふん、あんなものはただの子供だましじゃ」

露寒軒が憎々しげに言い捨てる。

「もともと、説教節とは格調高いものだったが、最近は人形なぞを使って、面白おかしく演じることにばかり熱心になっておる」

「でも、面白くてためになるのなら、その方がいいじゃありませんか」

あんたも観てみたいわよねえ——と、おいちが幸松の顔をのぞき込むと、

「えっと、おいらは……、えっと……」

幸松はいつになく戸惑った様子を見せた。おいちの顔と、露寒軒の怒った顔を、交互に見やりながら、なおも返事をしかねている。

「ごめんくださーい」

その時、玄関口の方から、若い女の声が聞こえてきた。

「あっ、お客さんです！」

幸松は跳ね上がるようにして立ち上がった。

「それじゃあ、あたしも台所に戻らないと——」

おさめもそう言うと、幸松と一緒に、慌ただしく部屋を出ていってしまう。後には、怒

り顔の露寒軒と二人で、おいちが取り残された。

「あっ、もしかしたら代筆を頼むお客さんかもしれませんし、あたしも見てきますね」

おいちは言い、そそくさと立ち上がると、幸松の後を追って玄関へと出ていった。

二

おいちが玄関へ出ると、すでに幸松と客とが向かい合っていた。客は声の感じから予想した通り、おいちと同い年くらいの若い娘である。

「あら……」

小柄で垂れ目のその少女に、おいちは何となく見覚えがあった。

「あのう、こちらは歌占《うたうら》のお店じゃ……」

少女はおずおずと尋ねた。どうやら、代筆ではなく歌占の客のようだ。

「はい。どうぞお上がりください」

そう答えて客を案内しようと踵《きびす》を返しかけたその時、おいちの脳裡《のうり》にある場面がよみがえった。

露寒軒の家へ初めてやって来た時、三人の少女が中から出て来るのに出くわした。目の前の少女は、その中の一人ではなかったか。

「あのう、あなたは前に、このお店に来たことがありませんか」

おいちが振り向いて尋ねると、少女はうなずいた。

「はい。ふた月ほど前に来ました」

草履を脱いでそう答えた少女は、おいちと幸松を見比べながら、

「お二人はお客ではなく、ここの人なのですか」

と、尋ねてきた。少女が前に来た時は、おいちも幸松もいなかったのだから、少女が不審に思うのも不思議はない。

「はい。今はここに置いていただいて、あたしは代筆を、この幸松はもろもろのお手伝いをしています」

そう答えてから、おいちは少女を露寒軒のいる座敷の方へ案内した。それから、おいちは自分の机を前にして座り、幸松はその傍らにちょこんと座った。

「歌占のお客さんかね」

露寒軒が少女に目を向けておもむろに尋ねた。少女はうなずいた。

「はい。あの、あたし、前にもこちらへ伺ったことがあるんです。あたしは妙《たえ》といいます」

露寒軒は黙ってうなずいた。

「前に来た時は、友人二人と一緒で、恋占いをしていただきました。その、恋占いをしたいって言う友人に、あたしも付き合わされて――」

お妙はそこまで語ると、乾いた唇をそっと湿らせ、一息吐《つ》いた。それから、

「でも、あたしには別に好いてる人もいないし、恋占いよりももっと占ってほしいことが

あったんです」

と、一気に言った。必死の眼差しが射るように露寒軒に向けられている。

「それで、お札を引く時に、恋の行方ではなく、別のことを思い浮かべたのじゃな」

露寒軒はお妙よりも先に口を開いた。お妙の目が大きく見開かれた。

「お分かりだったのですか」

「おぬしの考えていたことが何かは分からん。ただ、嘘《うそ》を吐いている者と、そうでない者の区別くらいはつく」

「では、あの時の占いの解釈は……」

「あれは、おぬしが恋を占ってほしいと言うから、それに合わせて申したまでのこと。占う内容が別のことであれば、自《おの》ずから解釈も違ってくる」

「ならば、もう一度、解釈をしていただけませんか。あたし、あの時のお札を持ってきたんです」

お妙は言い、懐から折り畳まれた紙を取り出して、露寒軒に差し出した。露寒軒はそれを開いて一瞥《いちべつ》すると、黙って傍らのおいちに渡した。読んでみろということらしい。

おいちは露寒軒の筆跡に目を凝らした。最近はずいぶん慣れてきたとはいうものの、この角張った金釘文字は読解するのに骨が折れる。

「えっと、いかに……せん――かしら」

おいちが四苦八苦していると、傍らからその手許《てもと》をのぞき込んだ幸松が、

「いかにせん都の春も惜しけれど馴《な》れしあずまの花や散るらん」

と、すらすら和歌を唱えてみせた。

（えっ！　この文字が読めるの？）

おいちはもちろんだが、お妙もまた、驚きの目を幸松に向けている。お妙もきっと、露寒軒の文字が読めなかったのだろうと、おいちは想像した。

「その時、わしがおぬしに何と申したか、覚えているか」

露寒軒が腕を組んで、お妙に尋ねた。

「はい。これは『熊野《ゆや》』という謡曲にある歌だ、と――。『馴れしあずまの』という部分は故郷を指しているから、小さい頃から親しくしていた男との縁が芽生えるだろう、と――」

「さようか。まあ、それは適当なこじつけじゃ。この歌はそもそも、恋を占って引き当てるような歌ではない」

決めつけるように言った後で、

「して、おぬしがまことに占ってほしい事柄とは何じゃ」

と、露寒軒は問うた。

「はい。あたしは今、おっ母さんと二人暮らしなんですけれど、おっ母さんは産みの親じゃないんです。あたしの産みの親は別のところで暮らしています。今のおっ母さんのことは大好きですけど、産んでくれたおっ母さんにも、時々すごく会いたくなって……。だから、産みの親に再会できるでしょうか、と考えながらお札を引いたら、これが――」

「なるほど、な」

露寒軒は大きくうなずくと、組んでいた腕をほどいた。

「実は、前の時は説明しなかったが、この歌を詠《よ》んだのは、熊野という名の遊女ということになっている。熊野は源平の戦《いくさ》の少し前、平宗盛《むねもり》に仕えていたのだが、母親が病に罹《かか》ったと聞いて、実家へ帰ることを願う。されど、宗盛は熊野を気に入っているので、宿下がりを許さない。折しも、都では桜の花見が行われた。これに伴われた熊野は、宗盛から花見の感慨を歌に詠むよう言われて、先の歌を詠んだのじゃ。『どうしたものか。都の桜も惜しいものだが、故郷《ふるさと》東国の桜が散るかと思うと気にかかる』というような意味じゃな。要するに、東国の桜が散る姿に、母の死にゆく姿をかけたわけじゃ」

「なんて、すごい――」

おいちの口から、感嘆の言葉が飛び出してきた。その頬はほのかに紅潮している。

「即興の歌だっていうのに、表向きは桜の花を詠みながら、母さんの身を案じる気持ちをそこにこめるなんて――。この熊野っていう人は歌の天才ですね」

おいちは手でも叩《たた》きかねない勢いで、一気に言った。

「ちょっと、おいち姉さん」

たしなめるように、幸松がおいちの袖を少し引いた。

「えっ、なあに――」

はっと我に返って、周囲を見ると、露寒軒はしらけたような顔をし、お妙はきまり悪そうに目をそらしている。

どういうことなのか、おいちにはまったく分からず、答えを求めるように、幸松を見た。すると、幸松は、

「気持ちを景色にたとえて詠むのは、『六義《むくさ》』でいう『たとえ歌』で、それほどめずらしいものではないんです。それに、この熊野っていう人は実在の人じゃありません。謡曲の作者が作り上げた架空の人なんですよ」

と、小さな声で教えてくれた。

「えっ、そうだったの？」

露寒軒がごほんと咳払いをして、先を続けた。

「母を思うおぬしが、この歌を引き当てたのには、無論、謂《いわ》れがある。おぬしは産みの母に会えるかどうかを、占ってほしいということじゃったな」

「はい――」

お妙が顎《あご》を引いて答えた。

「しかし、おぬしが前にここへ来たのは、一月も初めの頃じゃったろう。それから、三月の暦を迎えた今になって、再び訪ねてきたのは何ゆえじゃ」

露寒軒がさらに問う。

「あたし、産みの親には会いたかったけれど、心のどこかではあきらめていたんだと思い

ます。だから、占いの結果も、どうしても知りたいというわけじゃなかったんです。けれど——」

「このふた月の間に、何かあったのじゃな」

ともすれば躊躇《ためら》いがちになるお妙の言葉を、露寒軒が促すように口を挟む。

「はい。実は、ずっと音沙汰《おとさた》のなかった産みのおっ母さんから、突然、便りがあったんです。あたしに、一目会いたいって——」

「ほう。それで、その首尾やいかに——と、占いに頼る気持ちになったわけじゃな」

「そうなんです。すべてを打ち明けて、正しい解釈をお聞きしたい、と——」

「おぬしが引いた歌の解釈をすればこうじゃ。おぬしが産みの母との再会を果たすにおいて、邪魔をする者がおる。その者の心を変えることができれば叶《かな》うし、できねば叶うまい」

一片の迷いも見せることなく、露寒軒は言い切った。すると、お妙の表情はたちまち暗くなった。少し垂れ目の目がますます下がり、今にも泣き出しそうに見える。

「そんなの、無理だわ。おっ母さんの心を変えるなんて——」

お妙の呟きを聞き咎《とが》めて、

「おっ母さんって、育ての母さんのこと——?」

と、おいちは尋ねた。

お妙は歪《ゆが》んだままの顔を、おいちに向けて、黙ってうなずく。

「つまり、熊野の東行きを邪魔した宗盛が、おぬしにとっては、育ての母ということか」

露寒軒がお妙に聞かせるでもなく、独り言のように呟くのを聞いて、

「もしかして、育ての母さんは、お妙さんに産みの母さんがいることを隠しているとか?」

おいちがさらにお妙に訊《き》いた。

「そうじゃありません。あたしが今のおっ母さんに引き取られたのは、七つの時だから、ちゃんと産みのおっ母さんのことも覚えていたし……。けれど、今のおっ母さんが病で床に臥《ふ》すようになってから、おっ母さんに変な話を吹き込む人が現れて――」

「何、変な話じゃと――?」

お妙の話に、露寒軒が不審な表情を浮かべて訊き返した。

「くわしく話してみよ」

露寒軒に促されたお妙は、ほんの少し言おうかどうしようか、迷うような素振りを見せたが、やがて意を決した様子で語り出した。

「実は、おっ母さんはあたしよりうんと年上の娘を亡くしているんです。もう何年も前のことなんですけど、おっ母さんは今でも、その子のことを恋しがっていて……」

「でも、今はお妙さんが傍にいるのに……」

おいちが呟くように言うのを聞いて、

「あたしは実の娘じゃないから……」

お妙は少し寂しげな表情を浮かべると、あきらめがちに言った。

「子に先立たれる親の悲しみは、また格別なものじゃ。それが、実の子であろうと育ての子であろうと同じこと。お前の母が亡くなった子を恋しがっても、お前を大事に思うておらぬわけではない。そもそも、お前を産みの親に会わせたがらぬのも、お前への執着心の為《な》せることであろう」

露寒軒のいつもよりずっと深みのある声に、お妙は納得したようにうなずいてから、再び話し始めた。

「その亡くなった娘の魂が今、地獄へ落ちて苦しんでいるって、ある人がおっ母さんに話して聞かせたんです。あるお寺の小姓さんといってますけど……。その人がうちへ来る度、お経をあげてくれるのはいいとしても、毎回、供養料といって、一両をおっ母さんに支払わせるんです」

「一両も――？」

おいちは裏返った声を出した。露寒軒はじろりと目を剝《む》くと、

「それは、何回くらいあったのじゃ」

と、鋭い口ぶりで尋ねた。

「もう全部で五回くらい――。でも、それはあたしが知っている限りで、もしかしたら、おっ母さんは隠れて、もっとお金を渡しているかもしれません」

「それって、騙されているんじゃ……」

おいちは身を乗り出すようにして言った。

「やっぱり、そう思いますか」

お妙は、おいちにすがるような目を向けてきた。

「あたしもそうじゃないかなって、何度もおっ母さんに注意したんですけど、おっ母さんはその人のことを頭から信じてしまっていて――」

「わしも、おぬしの母親はその男に騙されていると思う」

露寒軒はおもむろにそう言ってから、男についてくわしく話してみよと、お妙を促した。

「川向こうの回向院《えこういん》にいるって言ってました。名前は三五郎《さんごろう》といって、齢《とし》の頃はたぶん、二十代半ばくらいかと思います」

「おぬしはその者が寺小姓だと申していたな」

「はい」

「寺小姓とは口減らしのため寺に出された者も多く、大半は若い。成人すれば道を決め、寺を出るものじゃ。そのようによい年をして、まだ寺小姓というのは解《げ》せぬな」

「じゃあ、身元も偽っていたのでしょうか」

お妙が震える声で呟いたが、答える声はなかった。

「露寒軒さま。お妙さんのために、何かしてあげられませんか」

おいちが傍らから、真剣な表情で口を添えた。

「わしは歌占師じゃ。客の引いた歌を読み解き、助言はしてやれるが、人の心を動かすことができるわけではない」

露寒軒はきっぱりと言った後、お妙一人にじっと目を据えて続けた。

「ゆえに、おぬしの母の心を変えることはしてやれぬ。されど、その三五郎とやらいう毒虫は、おぬしの母の心をいっそう蝕《むしば》んでおる。わしはこれを知った以上、放っておくことはできん」

露寒軒は謹厳な口ぶりで言った。

「露寒軒さまっ！」

おいちの口から明るい声が上がった。その傍らでは、幸松が尊敬のこもった眼差しを、露寒軒にじっと注いでいる。

「ただし、その毒虫が消えたところで、おぬしの母がおぬしを産みの親に快く会わせてくれるかどうかは分からん。それが歌占の結果じゃ」

「は……い」

お妙は、何とかしてほしいと言い募ることもなく、小さな声で答えた。

「でも、露寒軒さま。露寒軒さまのお札を身につけていたら、お妙さんも願いが叶うのではありませんか」

おいちはお妙の代わりに訴えた。

「それは分からぬ。ただ、三五郎なる毒虫を除くことができれば、その見込みも高くはなろう。ゆえに、おぬしはこの次、その男に会うたら、わしが言う通りにするのじゃ」

露寒軒は言い、それから、お妙にその指図をくわしく話した。それが終わると、露寒軒はおいちと幸松に、お妙を送ってゆくように命じた。

「母親がさような状態では、おぬしが家を空けられぬ事態になるかもしれん。その時は、ここのおいちか幸松を遣《つか》わすことにしよう。二人はこの者を送ってゆき、家の場所を覚えてくるのじゃ」

露寒軒の言葉に、おいちと幸松は顎を強く引いてうなずいた。


お妙の家は白山《はくさん》の円乗寺《えんじょうじ》の近くということで、露寒軒宅からもそれほど遠くはない。

三人は、桜も散りかけた春のうららかな午後、北西の方を目指して歩いた。その途中、

「おっ母さんの病は、どっちかっていうと気の病なの。本当はずっと寝ていなくちゃいけないわけじゃないって、お医者さまも言ってるんです」

お妙はぽつりぽつりと、露寒軒宅では語らなかった事情を話した。

「おっ母さんは娘を亡くした後、あたしを引き取ってくれたんです」

「その実の娘さんっていうのは、いつ頃、亡くなったの？」

「十二、三年くらい前かしら。その時、十六歳だったっていうから、生きていれば三十路《みそじ》に近いわね」

「三十路くらいの女の人――？」

おいちの脳裡に、颯太の姉七重《ななえ》の面差しがよみがえった。

「ねえ、お妙さんの今の母さんって、ずっとこの辺りに住んでたの？」

おいちは身を乗り出すようにして尋ねた。

「ええ。昔からこの辺りで、八百屋をしていたって聞いたわ」

「そ、その娘さんの名前、七重っていうんじゃない？」

「ななえ――？　いいえ、違うけど……」

お妙はきょとんとした顔で、おいちの変貌ぶりを見つめている。

「そう……。そうよね」

七重のはずがない。

よく考えてみれば、七重は生きており、お妙の養母の娘は死んでいるのである。だが、

（七重姉さんは、その娘さんと同じくらいの年齢なんだから、もしかしたら――）

お妙の養母は七重のことを知っているのではないか。

「ねえ、お妙さん。あたしを、お妙さんの母さんに会わせてもらえないかしら。訊きたいことがあるの」

思い切って、おいちは頼んだ。

「あたし、今、三十路くらいの七重さんっていう人を捜しているんです。昔、本郷に暮らしていたっていうから、お妙さんの母さんが、何か知ってるかもしれないと思って――」

おいちの必死の思いが伝わったのか、

「いいわよ。おっ母さんに会って訊いてみるといいわ」

お妙はすぐに承諾した。その優しさに、おいちは胸が熱くなる。

お妙を何とかして産みの母に会わせてやりたい――おいちの中で、その思いがより強くなっていった。

ややあって、三人は円乗寺の門前に差しかかった。

「昔、天和《てんな》の大火事の時、おっ母さんはこの円乗寺へ逃げてきたんだそうです」

そんなお妙の説明を聞きながら、寺の前を通り過ぎ、そこから二町ほど進むと、お妙らの暮らす長屋に到着した。

「おっ母さん、帰ったわよ」

お妙はそれまでより一段高い声をかけて、引き戸を開けた。声の調子もそれまで以上に明るい。

「お妙――」

中からは、どこか切羽詰まったようなかすれ声がして、浴衣《ゆかた》に羽織を引っ掛けた五十ほどの女が走り出てきた。さすがに土間までは下りてこなかったが、上がり框《がまち》のところで、力尽きたように膝をつき、お妙のことを恨めしそうな目で見つめている。

娘を亡くした衝撃から立ち直れず、お妙がいなくなるのではないかという不安に苛《さいな》まれているのだろう。頼もしかった自分の母とはまるで異なるその様子に、おいちは少したじろいでしまった。だが、お妙はまったく動揺など見せずに、

「遅くなってごめんね、おっ母さん」

と、母の痩せた膝に手を置いて、優しく言った。

（まだ、昼の七つ（午後四時頃）にもなってないっていうのに……）

日暮れまでに一刻（約二時間）以上もの間がある。それでも、帰りが遅くなったと言うお妙に、おいちは複雑な気持ちを抱いた。

お妙はこの年ごろの娘らしい楽しみごとには目も向けず、ただ病身の養母のことだけを気遣って生きている。そんなお妙が哀れなのか、お妙を偉いと思うのか、おいちは自分でも分からなかった。

「今日はね、おっ母さんに会いたいって人を連れてきたの」

お妙は相変わらずの明るい声で言った。

「あたしに――？」

お妙の養母が疑わしげな眼差しを、引き戸の外側に立つおいちと幸松の方へ向けた。

お妙は、気軽な様子でおいちたちを手招きすると、

「あたしのおっ母さん。お絹《きぬ》っていうのよ」

と、母を紹介した。お絹に対しても、おいちと幸松を紹介し、それから、

「おいちさんはね。昔、本郷に住んでた七重って女の人のことを聞きたいんですって。今は三十路くらいなんだけれど、おっ母さん、聞き覚えがない？」

と、お絹に訊いてくれた。

「七重――？」

お絹の言葉から、その名が漏れた。だが、何かに思い当たったという様子は、その暗く

沈んだ表情のどこにも表れなかった。内心がっかりしながら、

「やはりご存じありませんか」

おいちは問うた。お絹は大して済まなそうな顔つきもせずに、こくりとうなずいた。それから、

「三十路《うめ》かね。あの子も生きてりゃ……」

と、呻くような声で呟き出した。

亡くなった実の娘のことを言っているのだ。余計なことを訊いてしまったのではないかと、おいちは胸を衝《つ》かれた。お絹の胸を徒《いたずら》に騒がせて、どう詫《わ》びればよいのか分からない。

だが、この時もお妙は落ち着いていた。

「そうね。おっ母さん――」

上がり框に腰かけると、お絹の肩に腕を回し、母の背を優しく撫ぜ始めた。

「あの子はたった十六で、あたしを置いて……」

「そうね。おっ母さん――」

涙声で愚痴をこぼし続ける母の言葉に、お妙はまったく逆らわない。

「お前はいくつになったっけ」

「あたしは十六よ、おっ母さん」

「お前が十六――。お前もあの子と同じなんだね」

「あたしは妙よ。妙は絶対におっ母さんを置いて、どこかへ行ったりしないわ」

「そうだった。お妙は……みたいに、おっ母さんを置き去りにはしないって、固く約束してくれたんだったねえ」

「そうよ、おっ母さん――」

お妙はそうして語りかける間もずっと、お絹の背を撫ぜ続けている。お絹の方はお妙の肩に身を凭《もた》せ掛け、いつの間にかお妙に抱きかかえられるような形になっていた。

（まるで、お妙さんの方が、母親みたいに見える――）

見ているのがつらい。だが、目を背けるのも申し訳ない。その二つの思いの狭間《はざま》で揺れていると、幸松から袖を引かれた。

「あの、お妙さん。それじゃあ、あたしたち、これで失礼しますね」

おいちは慌ててそう言うと、幸松と二人、そっと引き戸を開けて外へ出た。

交わす言葉もないまま、二人は無言で帰路に就いた。

「――おいち姉さん」

幸松が話しかけてきたのは、道を半ばほども来た頃であった。

「おいち姉さんは、七重さんって人を捜しているんですか」

「う……ん。実際には、七重さんと一緒にいる人を捜してるんだけど……」

「ふう……ん」

幸松は納得したようなしないような呟きを漏らしたが、それ以上踏み込んだ問いかけをしてくることはなかった。その代わり、

「おいち姉さんが困ってることがあるなら、おいら、手助けします」

と、幸松は律義に言った。その大真面目《おおまじめ》な表情を見ていると、おいちも力づけられる。

「ありがとう。幸松は優しいのね」

「おいち姉さんは、おいらを助けてくれた人ですから――」

幸松は元気よく言い、白い歯を見せて笑った。

三

それから数日後、再び露寒軒宅にやって来たお妙は、露寒軒に言われた通りにしたと告げた。

露寒軒は「分かった」とだけ言い、お妙もそれ以上は何も言わず、ただ頭を下げて帰っていった。

それが、三月十三日のことであった。そして、その二日後の三月十五日、露寒軒は歌占の店を閉じると、おいち、おさめ、幸松を伴って、大川を越え木母寺《もくぼじ》へ向かった。

この日は梅若忌《うめわかき》である。母との再会を果たせずに、大川のほとりで死んだ梅若丸を偲《しの》び、法要を行う日であった。

法要が行われる木母寺は、毎年この日、多くの参拝者で賑わう。おさめの読んでいた仮名草子の広がりなどもあり、梅若丸の哀話は世間によく知られていた。

法要そのものに参席するのは、檀家などの限られた人々だが、多くの人はこの日、木母寺の境内にある梅若塚を拝みに来るのである。木母寺に押しかけた人々は、梅若塚の前に列をなして、お参りする順番を待つのだった。

梅若塚の傍らには、柳の大木が一本、まるで墓守をするかのように立っている。芽吹き始めた新緑が、日の光を浴びて、貴石のように輝いていた。

おいちたちは参拝者の列に連なって、梅若塚にお参りをした。

人々が持ち寄った数々のお供え物が、塚の前に所狭しと並べられている。花や干菓子、水菓子の類《たぐい》が多いが、中には子供用の小袖や人形、風車や独楽《こま》などの玩具もあった。

おいちとおさめは、露寒軒の許しを得て折り取ってきた梨の花のついた枝を一本ずつお供えした。皆でそろって手を合わせ、列から離れる。

だが、その後も、塚の傍らに立つ柳の木の下に、留まり続けた。

この日の参拝客を狙って、寺の門前に集まってきた屋台や棒手振《ぼてふ》りらの掛け声が、この辺りまで聞こえてくる。

「昼の七つ時はもうそろそろか」

ややあって、露寒軒が誰にともなく尋ねた。

「はい。そろそろかと思いますけど……」

おさめが空をちらりと仰ぎながら答えた。

春も終わりに近付いた頃、日中はずいぶんと気温が高くなり、袷《あわせ》で出歩くと汗ばんでしまうほどだ。

それでも、夕方が近付くにつれ、風はしだいに冷たくなり、肌寒さを覚えることもある。昼の七つといえば、そろそろ風が冷たくなったかと、感じ始める頃合いであった。

その後、四人は誰も口を利かなくなった。

おいちは参拝客の様子をじっとうかがう。お妙からは、若い男と聞いていたから、それらしい男が目に入ると、特に気をつけてじっと見入った。

梅若忌の今日、昼の七つ時、子供を亡くした親が塚の前で待っている。供養を頼みたいと言っているから、よければ会いに行ってやってほしい。金は払うと言っている——そのことを、お妙の口を通して、三五郎に伝えてもらった。

果たして、三五郎は来るだろうか——おいちは不安であった。だが、露寒軒は、

「欲の皮の突っ張った男ゆえ、必ず来る」

と、自信ありげに言っていた。初めから、露寒軒の名を出せば警戒もされるだろうが、相手が誰か分からぬ以上、様子を見に来る見込みが高い。

その上、相手が老人と女子供ばかりと知れば、間違いなく声をかけてくる。

やがて、七つを告げる時の鐘が捨て鐘の音に続いて、ゆっくりと鳴り始めた。

おいちの顔が引き締まる。傍らのおさめも幸松も、顔を強張《こわば》らせた。

いつもと変わらないのは、一人、露寒軒のみである。

鐘が鳴り終わってしばらくすると、一人の若い男が塚を拝む人々の列を外れて、柳の木

の方へ歩き出してきた。

（あの男が、三五郎なのかしら――）

おいちは唾を飲み込むと、男をじっと見た。

寺小姓だと聞いているが、月代《さかやき》をそらず、前髪のあるその姿は確かにそれらしい。その格好のせいで、若々しくは見えるものの、二十歳をいくつか超えているのは明らかだった。

「おたくさまは、本郷のお絹さんの娘、お妙さんを介して聞いた用向きのお方ですか」

男は露寒軒の前にまっすぐ進み出ると、丁寧な口ぶりで尋ねた。

「おぬしが三五郎か」

露寒軒がおもむろに尋ねる。

「はい。さようでございます」

三五郎が答えるのを待ち、

「おぬしに話がある。ここは人目があるゆえ、寺を出て大川のほとりへ参ろう」

露寒軒が言い出すと、三五郎は無言でうなずいた。露寒軒が先に行き、三五郎はその後に続く。おいち、おさめ、幸松が二人に少し遅れて従った。

人の多い木母寺の境内を出て、屋台などの立ち並ぶ門前の通りを抜け、一行は大川の方へ向かった。

渡し場には人がいるので、それを避け、人気《ひとけ》のない方へ露寒軒は歩いてゆく。

ようやく周囲に人のいない川岸で、露寒軒は足を止めた。そこでも、柳の木が瑞々《みずみず》しい若葉を風に揺らしていて、露寒軒はその木の下で振り返り、三五郎を見据えた。

「おぬし、死んだ者の魂が彷徨《さまよ》っている声を聞き、往生できるよう手を貸してくれるそうだな」

露寒軒が切り出すと、三五郎は深刻そうな表情を浮かべながら、控えめにうなずいた。

「お絹さんからお聞きになったのですね。本当は、このようなこと、世間さまに表立ってお知らせすることではないので、いちいちお話はしないのですが……」

三五郎は、こうした人助けを自分の方から持ちかけることはないのだと、わざわざ強調した。

「お絹さんは娘さんを亡くし、その後は旦那さんにも先立たれ、お絹さん自身も体を壊してしまいました。不運が続くのには何か原因があるのではないかと、お絹さんがお困りだったので、私がお絹さんに取り憑《つ》く亡者《もうじゃ》の声を聞いてみることになったのです。そうしたら、取り憑いていたのは娘さんで、成仏できずに苦しんでいるというのです。お絹さんは何とか娘さんを成仏させてほしいと、泣いておすがりになる。それはたやすくできることではないし、暇《いとま》も費用もかかることだと申し上げたのですが、お絹さんは何年かかっても、いくらかかっても、ぜひとも成仏させてやってほしいとおっしゃるので、お引き受けいたした次第――」

滑らかな口調でそこまで語った後、三五郎はいったん口をつぐんだ。

「ほう。それで、おぬしの供養とやらの効き目はあったのか」

露寒軒はそれほど心を動かされた様子も見せず、淡々と尋ねた。相手に疑われているとでも思ったのか、今度は三五郎は、ややむきになった様子で、すぐに口を開いた。

「それでございますが、少しずつ亡き娘さんの苦しみは和らいでいます。お絹さんの娘さんの罪はあまりに重く、地獄の業火で焼かれる責め苦に遭っていらっしゃるのですが、その炎が弱くなってまいりましたので――」

「おぬしの力で、その火を止めてやることはできぬのか」

露寒軒がさらに問うと、三五郎はとんでもないという様子で、手を横に振ってみせた。

「人の力で、あの世のことに干渉するのは難《かた》きことにございます。私はたまたま、幼少の頃に教えを受けた尊師さまよりこの力を譲られ、亡き人の魂の声を聞くことができるのでございますが……」

三五郎はそう言って、露寒軒の顔をうかがうように見た。

「ところで、おたくさまも、お絹さんと同じような悩みを抱えていると伺いましたが……」

「さよう。わしも子を亡くした。心濃《こま》やかで優しく、誰に対しても思いやりをもって接する菩薩《ぼさつ》のごとき子であった。顔立ちは妻に似て、誰もが器量よしだと褒めそやした。歌を詠むのが上手く、花が咲けば微笑《ほほえ》みながら、喜びを歌に詠み、花が散れば涙ぐみつつ、悲しみを歌に詠む。そんな子であった……」

「それはそれは――。愛しいお子でございましたでしょう」

「まことにもって。比べるわけではないが、生き残った娘の方は、何とも男勝りの子でな。亡くなった子のごとく繊細な心を持ち合わせてはおらぬ。幼き頃より木刀を振り回しているような娘じゃった。無論、親の心としては、その娘もかわいいが、亡くなった子への哀惜の念に勝《まさ》るものではない」

露寒軒は、おいちが聞いたこともないようなしみじみとした声で言った。

「分かりますとも。親にとっては亡くなった子が最も愛しい子なのです。生きて傍らにある子がどれほどかわいく、またどれほど親孝行をしてくれても、亡くなった子を超えることはできぬもの。それが親の心というものなのです」

三五郎はさもわきまえているという様子で、幾度もうなずいてみせた。

「おたくさまも亡くなった娘御が、誰よりも愛しいとお思いなのでございましょう」

涙混じりの声が続いた。その目の奥に一瞬、狡猾《こうかつ》な光が浮かび上がったが、三五郎は注意深く目を伏せてしまった。

だが、その一瞬後――。

「この不埒者《ふらちもの》めがっ！」

という露寒軒の大喝が、川岸の辺り一帯に響き渡った。

かなり離れた所で、渡し舟を待っているらしい親子連れが、何事かというように、露寒軒の方に目を向けてくる。

「おぬしが亡き者の声を聞けるなどというのは、嘘偽りじゃ。おぬしはそうして人を騙して、金を得る悪行を重ねてきたのであろう」

露寒軒が言うと、三五郎は不平そうに唇の形を歪めた。

「何を証《あかし》に、そうおっしゃるのでしょう。私はまことに、お絹さんの娘さんの声を聞きましたし、お絹さんもそれを信じてくださっております」

「ならば、おぬしはわしの亡き子の声も聞いたというのか」

口の利き方は丁寧なままだが、顔つきは不遜《ふそん》なものになっていた。

「聞きましたとも。おたくさまのお子も、地獄で血の涙を流しておられます」

「いいや、それは違う」

露寒軒はきっぱりと言った。

「わしの亡くなった子供は息子じゃ。わしはただの一度も娘などとは申しておらぬ。しかし、お前はしかと娘と申した。それは、おぬしが魂の声など聞いておらぬという証でなくて何であろうか！」

露寒軒が言い放つや、三五郎の顔が怒りに染まった。もはや狡猾さと卑しさを隠そうともしていない。

「ちくしょう！　どきやがれ」

三五郎は即座に露寒軒を突き飛ばして駆け出した。その直後、すぐさま三五郎の背に、露寒軒の杖《つえ》が風を切ってしなった。杖の先は、三五郎の左肩をしたたかに打ちつける。

「痛《い》ってえっ！　てめえ、何しやがる」

三五郎は呻き声を上げながらも走り続け、露寒軒との間に十分な隔たりを取ったところで振り返った。

「この老いぼれめ。俺をはめやがったな」

「おぬしがそれを言うか」

露寒軒は腹の底から大声を出して叱りつけた。

「おぬしのしたことはまぎれもない詐欺だが、お絹の場合は自分から金を差し出したのであろう。おぬしを番屋に付き出したところで罪には問えぬかもしれん。ゆえに、これで見逃してやろう。ただし、二度と、お絹、お妙母子に近付くな。その時は、このわしがただではおかぬ。ふん縛られて、お白洲《しらす》に引き出されるのも覚悟の上なら、好きにするがいい」

露寒軒の宣告を最後まで聞かぬうち、三五郎は舌打ちするなり、くるりと背を向けた。そして、左肩を庇《かば》うようにしながら、そそくさと逃げ出していった。

おいちたちはその背中を睨《にら》みつけていた。本来なら、このまま番屋に突き出し、お絹から奪った金を取り返してやりたい。

だが、お妙は言っていた。

「もし、三五郎さんの話が全部偽りで、亡くなった娘が本当はちっとも救われていないと知ったら、おっ母さんはその悲しみで、もっと体を悪くしてしまうかもしれない。だから、もうお金のことはいいの。あの男がこれから、おっ母さんの前に現れないようにしていただければ、それで十分なんです」

露寒軒もそのお妙の気持ちを汲《く》み取り、この程度で許してやることにしたのだろう。

三五郎の姿が見えなくなると、

「さて、ではわしらも帰るとするか」

露寒軒が言い出し、おいちたちは何やら夢から覚めたような様子で目を見交わし合った。

「あの、露寒軒さま」

遠慮がちに、おさめが露寒軒に切り出す。

「お子さまを亡くされたというお話は……?」

本当のことだったのか、それとも、三五郎の罪を暴くための出まかせだったのか。おいちもそのことが気になっていた。

「それはまことじゃ。わしの息子は、齢《よわい》十八にして亡くなった」

露寒軒は感傷のこもらぬ声で答えた。

「そうだったんですか……」

おさめが力のない声で言い、おいちと幸松もどことなく遠慮がちに目を伏せる。

「まあ、何年も前の話じゃ。今はもう、心を乱されずに語ることができる。大体、わしの息子は断じて地獄で血の涙を流すようなことはない。あれは、まこと、菩薩に生まれ変わるような者じゃ」

「それじゃ、心の優しいお方だというのも、本当のお話だったんですね」

おいちが顔を上げて問うた。

露寒軒がおもむろにうなずく。

「先ほど話したのは、すべてまことの話じゃ」

「えっ、じゃあ、花が散るのを見て涙ぐんだっていうお話も――？」

「まことじゃ」

露寒軒はうなずいた。その繊細さがどうしても露寒軒と結びつかない。

「あのう、それでは、男勝りの娘さんがいらっしゃるというお話も――」

「あれもまことじゃ。もう嫁いで子もある身じゃが、あの男勝りは今も変わらぬ」

露寒軒が苦虫を嚙《か》み潰したような表情で言った。

（露寒軒さまに、息子さんと娘さんがいらっしゃった。その上、娘さんは今もどこかにいらっしゃって、お孫さんまでおいでだなんて――）

その身内の人々は、露寒軒がおさめやおいち、幸松ら寄る辺のない者を、家に置いていることを知っているのだろうか。そのことを知ったら、どう思うのだろうか。

おいちはふと、露寒軒の娘という人に会ってみたいと思った。どのような人なのか、もっと話も聞いてみたい。だが、

「さて、もう行くぞ」

話を切り上げてすたすたと歩き始めた露寒軒に、この日、さらに問うことはできなかった。

傾き始めた晩春の光を浴びたその姿が、どことなく、寂しげに見えたためかもしれない。

「お待ちください、露寒軒さま」

おいちは声を上げながら、おさめや幸松と一緒に、露寒軒の背中を追った。

四

それから十日余りが過ぎた三月二十七日のこと――。お妙が露寒軒宅を訪ねてきた。

木母寺で三五郎をやっつけた一件については、すでに幸松をお妙の家に行かせて報告してある。

「その後、三五郎なる者は家に来ることはなくなったのか」

露寒軒が確認すると、お妙はうなずいた。

「本当にありがとうございました。おっ母さんが気にしていたので、三五郎さんが来ないのは魂が無事に成仏したからよ、と言っておきました。おっ母さんも、最近はそうかもしれないと思い始めてるみたいです」

以前よりも、幾分落ち着いた口ぶりで告げたお妙は、その後、居住まいを正すと、改まった様子で続けた。

「実は、あたしの産みの親が明日の正午、上野の寛永寺の門前に来ることになっているんです」

「決心はついたのか」

露寒軒が尋ねると、お妙は「はい」ときっぱりした口ぶりで答えた。それから、突然、おいちの方に目を向けると、

「今日は、おいちさんに代筆をお願いしに来ました」

と、告げた。

おいちは黙ってうなずいた。

だが、お妙は誰に宛《あ》てた文を書いてほしいのか、すぐには言わない。

「して、いずれに決めた。産みの母には会わず、文だけを届けるのか。あるいは、育ての母に文を残して、産みの母に会いに行くのか」

露寒軒が促しても、お妙は答えなかった。その代わり、

「その前に、聞いていただきたいことがあるんです」

と、続けて言う。

「あたしの育てのおっ母さん、お絹のことです」

おいちはお絹の不安定な様子を思い出した。まるで、娘のお妙にすがるようにして生きているようにも見えた。お妙にとって、お絹が重荷なのではないかとさえ思える。

そういったことはすべて、露寒軒には話してあった。

「おっ母さんが亡くした娘っていうのは――」

お妙がいったん口を閉ざす。おいちはごくりと唾を飲み込んだ。

「天和《てんな》の頃、火あぶりの刑にされたお七《しち》という娘なんです」

お妙は一気に言った。

露寒軒の顔がいつになく強張っている。お妙の顔も蒼白《そうはく》だった。

「何じゃと――」

「それは、八百屋お七のことか」

露寒軒の言葉に、お妙が黙って顎を引いた。

「八百屋お七……？」

おいちは聞いたことがない。ただ、火あぶりの刑ということに衝撃を受けていただけだが、

「昔、本郷に住んでいたそうですよ。井原西鶴《いはらさいかく》って人が、その事件を浮世草子にも書いたほどです」

と、横から幸松が教えてくれた。

「ええっ！」

お絹は、娘が十六歳で亡くなったと言っていなかったか。十六歳で火あぶりになるとは、一体、どんな罪を犯したというのだろう。

「お七さんが犯したのは、火付けの罪なんです」

おいちが何も知らないことを察したのだろう、お妙が説明した。

おいちは再びごくりと唾を飲んだ。だが、口の中が乾き切っていて、何も飲み込めなかったような気がする。

火付けの罪人が、火あぶりに処せられることは、おいちも知っていた。

だが、よりにもよって火付けとは——。

十六歳といえば、今のおいちやお妙と同じ年齢ではないか。一体、どんな理由があれば、火付けをしようなどと思い立つのだろう。おいちにはまるで想像もつかなかった。

「お七さんは、火事に遭って円乗寺へ避難している時に、そこで会った寺小姓に恋をしたのだそうです。それで、もう一度、火事が起これば、その恋人に逢《あ》えるだろうと、火付けをしたのだとか」

「ええっ！　逢いたければ逢いに行けばいいだけでしょうに——。何だってまた、火付けになるわけ？」

話の飛躍についていけない。

「あたしもくわしいことは知りません。おっ母さんも話してくれないし……。でも、別の男との縁談があったとも聞きますから、お七さんは追い詰められてたんじゃないでしょうか。といっても、火はすぐに消し止められて、被害はなかったらしいんだけど……」

お妙が知る限りのことを説明してくれたが、それだけでは、お七が火をつけた本当の事情までは分からなかった。ただ、いずれにしても、寺小姓への恋が火事を引き起こした原因であるのは間違いないらしい。

（男に逢うためだけに、火付けをするなんて——）

おいちの脳裡に、会ったこともないお七という娘が、業火に焼かれる姿が思い浮かんだ。

男に逢いたいという一心が、女を火付けに走らせる。

確かに、お七の話は矛盾だらけである。

だが、もしもお七がその時、恋ゆえに分別をなくしていたのだとしたら——。

——火付けをすれば、男に逢える。

ただ、そのことだけを一心に考え、他には何も考えられなくなっていたのだとしたら——。

（火付けをすれば、颯太に逢えるのなら、あたしだって火付けをするかもしれない）

ごく自然にその考えが浮かんで、おいちは慄然《りつぜん》とした。

自分が火付けをしないのは、そうしたところで、颯太に逢えないと分かっているからだ。

お七と自分は違うと思っていたが、二人の間に差などないのかもしれない。

おいちがそんな物思いにふけっていると、

「されど、火付けの罪は罪じゃ。罪人ならば裁かれねばならん」

露寒軒が苦々しくも厳しい口ぶりで言い切った。

「でも、お七さんはその時、十六歳だったんです」

お七を庇う気持ちが働いたのか、お妙が言った。

「確かに、若者の罪は注意して裁かれねばならん。若者が心を改める機会を奪ってはならんからの。それゆえ、十五歳までの若者であれば、死罪を免れられるはずじゃ。ゆえに、お七も十五歳であれば、救われたのだろうが……」

さすがに、露寒軒が口惜しそうな声で呻くように言う。

「そんな……。お七さんが火付けをしたのは、何月のことだったの」

気になって、おいちは尋ねてみた。人は正月で年を取る。一月のことだったりしたら救われない。

「確か、三月だったと聞いているわ。それで、三月の終わり――二十八日に火あぶりになったのですって」

二十八日と言うところで、お妙の口調は少し躊躇いがちになった。

「三月二十八日――なら、明日が命日ってことになるの？」

「そうなんです」

「つまり、おぬしの産みの母は、明日がお七の命日だということを知っていて、あえてその日を選んだということか」

「どうして、そんな日をわざわざ――」

おいちは思わず呟いていた。

「あたしもそのことはずいぶんと考えてみました。たぶん、お七さんの命日なら、今のおっ母さんがお七さんのことで頭がいっぱいになるから、その日を選んだのではないか、と――。あるいは、その日、あたしが寂しい思いをするんじゃないかと、勘ぐったのかもしれません」

お妙が言葉を選ぶようにして、ゆっくりと答える。

確かに、それならばあり得ることだ。

（お妙さんは産みのお母さんの気持ちがちゃんと分かってるのね）

そして、お妙の母親もまた、娘の気持ちを察している。たとえ子供を手放したとしても、やはり母親なのだ。娘の心の痛みを想像してくれる。おいちの母お鶴がそうだったように――。

おいちの脳裡に亡き母の面影が浮かんだ時、

「なるほどな」

露寒軒がおもむろにうなずいた。

「しかし、そのような日であれば、おぬしは余計に、行くべきか行かざるべきか、迷ったことであろう」

同情をこめた声で、露寒軒が続ける。すると、お妙はうなずいてから、

「はい。でも、もう決めました」

と、きっぱりとした口ぶりで言った。その後、懐から折り畳んだ紙を取り出した。それを、おいちの方へ差し出して、

「これが、おっ母さんへの文の下書きです」

と言う。産みの親への文なのか、それとも育ての親であるお絹への文なのか、お妙は口にしなかった。

「これを、そのまま書き写せばいいんですね」

おいちは念押しした。

「ええ。あたしは字があまり上手ではないから、おいちさんに書いてもらいたいんです。その方が、おっ母さんも特別な文だと思ってくれるだろうから――」

「なら、特別すばらしい紙を選ばせていただきます。美しい薄様……優しいお妙さんらしい色の薄様を、特に選んで――」

おいちは文を受け取り、心をこめて言った。

「そして、もう一つお願いがあります」

お妙は、今度は露寒軒に目を戻して言った。

「あたし、最後に歌を添えたいと思ってるんです。いえ、自分で作ろうなんて思ってません。ただ、あたしの知ってる歌を添えられたらな、と――。熊野のように、歌で人の心を変えられたら、すばらしいと思えるんです」

「ふむ……」

「でも、あたしが知ってる歌って、歌留多《かるた》くらいで――。その中には、いいと思えるものがなかったんです。だから、先生が見つけてくださいませんか。そして、おいちさん。先生が選んでくださった歌を、あたしの文の最後に添えてください」

「しかし、わしらはまだ、おぬしがどちらの母に文を書いたのか、聞いておらん」

「それは、文を読んでくだされば分かります」

露寒軒の言葉に、お妙はゆっくり言葉を嚙み締めるように答えた。迷いの晴れたすっきりとした顔つきをしている。

「あたしは、おっ母さんをあまり長く一人にしておけないから、もう帰ります。先生とおいちさんを信じていますから、見つけてくださった歌をそのまま書いてください」

代金はおいくらですか――と続けて、お妙が袂《たもと》に手をやるのを制して、

「それはすべてが終わってから頂戴します」

と、おいちは言った。

「あたしは、書き上げた文を持って、送り主の許へ明日届ければいいんですね」

送り主がどちらの母親なのか、まだ分からぬまま、おいちは続けて問うた。

「お願いします」

お妙は畳の上に手をついて、深々と頭を下げた。

しばらくその姿勢でいたお妙が黙って顔を上げ、それから静かに立ち去ってゆくまで、おいちも露寒軒も幸松も一言も口を利かなかった。

五

翌日の昼前、おいちはしたためた文を懐に、梨の木坂の家を出た。

選んだ紙は、鳥の子紙の地の色を生かした淡い黄色の薄様である。優しげな色合いが、お妙に合っているというだけでなく、

「鳥の子という名の由来は諸説あるが、鳥の卵の色に似ているところから付いたという説

がある」

という露寒軒の説明が、胸に沁《し》みたからでもあった。

見れば、卵色の薄様は、母鳥が己の体で温めてきたようなぬくもりが感じられる。

（お妙さんの思いが、お母さんに届いてほしい）

そんな願いをこめて、選んだ紙だ。おいちはこれに、お妙から預かった下書きを一言一句違えずに、心をこめて書き写した。最後には、露寒軒が選び出した一首の歌を添える。

書き終えた淡い黄色の薄様に、まっさらな白の薄様を重ねて折り畳んだ。

おいちがそれを携えて向かった先は、白山の長屋である。

「ごめんください」

外から声をかけるが、返事はなかった。お妙はもう寛永寺へ出かけてしまったのだろう。

しばらく待ったが返事はなかったので、おいちは思い切って、長屋の引き戸を開けた。

つっかい棒などはかけられておらず、戸はがたごと音を立てながらも、あっさり開いた。

「お邪魔します」

声をかけながら入ってゆくと、土間を上がった奥のところに、起き上がりかけたお絹の姿が見えた。

「お前さんはこの間の……」

お絹はおいちの顔を覚えていた。

「あたし、お妙さんに頼まれた用事があって伺ったんですけれど……」

「お妙は出かけていますよ。お昼すぎには帰ってくると思うけどね」

お絹が薄い布団の上に座り直しながら答えた。

「あっ、横になったままでいてください。お妙さんから頼まれた用事っていうのは、お絹さんにあるものをお渡しすることなんですが、奥へ上がってもいいですか」

おいちが言うと、お絹の表情がにわかに曇った。あれだけ、お妙がいなくなることを不安がっていた母親である。

お妙が自分に何かを渡すよう、他人に頼んだということで、不安を感じたのかもしれない。

「お邪魔します」

おいちはもう一度言い、戸を閉めてから、草履を脱いで板の間へ上がった。そして、お絹の布団の近くまで行き、正座した。

「お妙から頼まれたものとは何ですかね」

お絹は性急な口ぶりで言う。お絹は浴衣姿のままだったので、何か羽織らなくてよいかと、おいちは尋ねたが、お絹は平気だと言った。

「この文です」

おいちは懐から、折り畳んだ紙を取り出した。二枚重ねた薄様を、細く折り畳んで結んだ形になっている。

「これは、お妙が書いたものなのかい」

「お妙さんに頼まれて、あたしが代わりに書きました。あたしは代筆屋なんです」

お絹はおいちの言葉もろくに耳に入らない様子で、薄様の結び文をおいちから奪うようにして取った。そして、震える手で紙の結びをほどくと、むさぼるように中身を読み始めた。

「母上に御文参らせ候。この文、読まるる頃、我、産みの母上に会ひ参らせ候」

――この文をおっ母さんが読んでいる頃、あたしはあたしを産んでくれたおっ母さんに会いに行っています。

「ああっ！」

お絹の口から、悲鳴のような声が上がった。

「お絹さんっ！」

おいちは慌てて腰を上げ、お絹の背にそっと手をかけた。

だが、お絹は娘の文を読むのをやめず、まるで燃え上がらんばかりの激しい眼差しを、薄様に当て続けていた。おいちは少し迷ったが、そのままお絹の背に手をかけたまま、お絹の望むようにさせることにした。

「産みの母上より会ひたき由《よし》、知らせ参り候。行くか行かざるか迷ひ候。初め、行かざること、思ひ決め候へども、産みの母の申しし日、お七殿が命日にて候。我はお七殿のお心思ひめぐらし候。お七殿、世にあらば、我が産みの母上に会ふこと、止めたまふや。否と思ひ候。我、母上の御許へ帰り候こと、理《ことわり》なれば、母上のお情け身にしみて候こと、産みの母上に伝ふるべく、会ひに参り候。ご安心めされるべく申し上げたく、参り候。ただそれのみにて候」

——あたしに会いたいと言ってきたのは、産みの母の方です。あたしは行こうか行くまいか悩みました。初めは行くまいと思っていました。でも、産みの母が会いたいと言ってきた日は、お七さんの命日だったんです。あたしはお七さんが生きていたら、あたしにどう言っただろうって考えてみました。お七さんはあたしに、産みの母に会うなって言うかしら。たぶん、言わないだろうと思います。あたしがおっ母さんの許へ帰ってくること、お七さんなら分かってくれる。おっ母さんがどれだけあたしを大事にしてくれたか、産みの母に伝えるために、あたしは会いに行くんです。心配しないでって伝えたくて行くんです。ただそれだけなのよ、おっ母さん。

「お妙……」

お絹の震える唇から、娘の名前が漏れた。唇の震えがそのまま体におよび、背中にまで伝わってくる。おいちはお絹の痩せた背中をそっと撫ぜた。

お妙の文はなおも続いている。

――本当は、少し怖いです。おっ母さんの助けを借りずに、一人で決めて一人で動くことが、あたしは怖い。でも、思い切ってやってみようと思いました。お七姉さんが背中を押してくれたような気がしたから――。おっ母さんは、お七姉さんから託されたあたしの大事なおっ母さんです。


「……母上はお七殿より託されし、大事なる母上にて候」

それに続いて、わずかな空白の後、一首の歌が綴《つづ》られていた。

たらちねの母が手はなれかくばかり　すべなきことはいまだせなくに

「これは……」

文字からじっと目を離さずに、お絹が呟く。

「これは、『万葉集』にある歌です。母さん――いえ、おっ母さんの手を離れて、あたしも大人になった。自分で決めて自分で動く。けれど、どうしていいか分からない。こんなことは今までしたことがなかったのだもの――このような意味の歌なんです」

おいちが、露寒軒から聞いた解釈を、お妙の言葉にして伝える。

この歌は、大人になったばかりの娘が、その心の戸惑いを詠んだものである。実は、初恋をした娘が、母に相談もできず、どうしていいか分からない気持ちを歌ったものらしい。だが、恋という言葉はどこにもないので、解釈を広げることはできる。そして、戸惑いながら、自分のするべき道を選んだお妙の気持ちに通じるものがある。

お絹は何も言わず、なおもじっと文の文字から目を動かさなかった。露寒軒がお妙のために選んだ歌が、今、お絹の心に沁み通っているのだと、おいちは思った。

だが、その沈黙はあまりに長い。

もしかしたら、お絹が泣いているのではないかと恐れたおいちは、その顔をのぞき込もうと、身を乗り出した。その時、

「いつの間にか、お妙もするべきことを自分で決めるようになっていたんだねえ……」

お絹がぽつりと呟くように言った。その声は静かで穏やかなものであり、涙ぐんではいなかった。いつの間にか、背中の震えも収まっている。

「大人になれば、誰でもそうなのではないですか」

おいちが姿勢を元に戻して言うと、お絹は静かにうなずいた。

「そうなんだろうね。お七もそうだったから――」

「お七さんも――？」

「そう。十六になって、恋をした時からさ。もっとも、お妙は恋をしたわけじゃないみた

いだけど……。でも、よかったんだよ。子供が突然、恋を知ると、分別がつかなくなる」

颯太に逢えるのならば、自分だって火付けをするかもしれない――そう思った時の昂《たかぶ》りを、おいちは思い起こしていた。ごうっと、耳許で火の燃え盛る音が聴こえるような気がする。

不意に恐ろしくなり、耳を塞いでしまいたい――と、思った時、

「お妙はたぶん、お七のこと、あたしが産んだ娘だと思ってるんだろうけど……。本当は、お七もあたしが産んだ娘じゃないんですよ」

お絹がぽつりと独り言のように言った。

おいちの聴いた業火の音は、ひっそりと消えた。

「お七も余所《よそ》からもらった子だった。赤ん坊の頃から育ててたから、産んだ娘と何にも変わらなかったけど……。でも、お七も産みの親が余所にいるってことは知ってたよ。ただ、特に産みの親に会いたがることはなかったけどねえ」

お絹がほうっと溜息を吐いた。

「あの子が会いたがったのは、惚《ほ》れた男だけさ。それで、身を滅ぼしちまったけど……」

しみじみとした悲しい声が続く。

「お七を追い詰めてしまったのは、あたしら夫婦なんだよ。あたしらはあの子をいつまでも子供だと思い、あたしらに代わるしっかりした亭主を選んであげなけりゃと思った。たとえお七が嫌がっても、それがお七のためなんだからと決めつけて――。それが、あの子

を追い詰めちまった……」

お絹の声が少し掠《かす》れた。おいちは、お絹が激しく泣き出すのではないかと案じた。が、今日はそのようなことは起こらず、お絹はただ溜息を漏らしただけであった。

「あたしは同じように、お妙を追い詰めていたんだね。ここにある歌の『母が手はなれ』っていう言葉がさ。何だか、目にも胸にも沁みるんだよ。あたしは、お七の手もお妙の手も、しっかと握って放そうとしなかったんだって、気づかされた。どんなに心配でも、この歌のように、親は娘の手を放してやらなきゃいけないのにさ。それが、本当の親ってもんなんだろうに……」

わざわざ「本当の親」と口にするお絹の痛みが、おいちにも伝わってくる。お絹は、自分が母親として失格だったと言っているのだ。それも、産みの親でないことが、その痛みをいっそう深くしている。

「お絹さんはまぎれもなく、お妙さんのおっ母さんです！」

おいちは思わず口を開いていた。

「育てのおっ母さんのことも、産みのおっ母さんのことも、気遣う優しいお妙さんは、お絹さんが育てた娘さんでしょう？　お妙さんを見てると、育ての親のお絹さんのお人柄が、あたしにも分かります」

半ばむきになって言うおいちを、お絹は穏やかな眼差しで見守っていた。やがて、その瞳にはそれまでになかった光が浮かび、頰にはかすかな赤みがさしてきた。

「お前さん、確か、名前は——」

お絹が改めておいちに尋ねた。

「いち、といいます」

「おいちさんだね。お妙が頼みごとをしたついでと言っちゃあ何だけど、あたしの頼みごとも一つ、聞いておくれでないかね」

「あたしにできることなら、もちろん——」

おいちが答えると、お絹は初めて顔をほころばせた。

「ちょいと、すぐそこの円乗寺まで、一緒に行ってほしいんだよ」

「でも、床払いもなさってないのに……」

お妙の留守に何かあってはならぬと、おいちは躊躇《ちゅうちょ》した。

「あたしの病は気の病なんだよ。お妙だって、そう言ってたろう」

そういえば、そんなことを口にしていたかもしれない。

「お医者だって、たまには外に出た方が気がまぎれる、って言ってくれてるんだ。すぐそこだし、おいちさんが一緒にいてくれれば、安心だからさ」

「本当に平気ですか」

おいちはなおも決断できない。すると、お絹はふっとおいちから目をそらして、

「円乗寺にはね、お七の墓があるんですよ」

と、遠くを見つめるような眼差しになって言った。それを聞いた直後、

「分かりました。お供します」

と、おいちは答えていた。

今日はお七の命日だったはずだ。ならば、墓参りを妨げることなどしてはならない。

「ありがとうね。おいちさん」

お絹は潤んだ目をおいちに向けて、そっと頭を下げた。

六

お絹が絣《かすり》の小袖に着替えるのを手伝い、おいちはお絹に従って、円乗寺へ参った。

お絹とお妙の暮らす長屋からは、二町ほどしかないので、すぐに着ける。その途中、花売りに何度かすれ違った。売っている花は一種類の花売りもいれば、数種類そろえている棒手振りもいる。そのうちの二人から、お絹は桜草と山吹の花を買い求めた。

桜草の愛らしさ、山吹の華やかさ——お七はそんな娘だったのかもしれない。

間もなく、お絹とおいちは円乗寺へ到着し、お絹はまっすぐお七の墓へ向かった。おいちは寺の庫裡《くり》へ行って、水をもらってきたが、お七の墓はきれいに掃除されていた。

「お妙がやってくれてたんだね」

少し萎《しお》れてはいるが、まだ枯れていない桜草が供えられている。

お絹は丁寧にお七の墓に水をかけ、新しい花を供えてから、長い時をかけて手を合わせていた。

おいちも、この江戸で芽生えたお絹やお妙との縁を思い、お七の墓前に手を合わせた。

円乗寺から長屋へ戻り、おいちが引き戸に手をかけると、その直後、戸が中から荒々しく開けられた。

おいちが驚いて、思わず後ろへ退《ひ》くと、中から現れたのはお妙であった。

お妙は険しい眼差しを、おいちに向けてきたが、すぐにその後ろにお絹の姿を見出すと、

「おっ母さん！」

と、外へ駆け出してきた。

「心配するじゃないの。どこに行ってたのよ」

お妙の顔色は蒼白で、口調は初めからお絹を咎《とが》め立てるようなものであった。

「おいちさんと一緒に、ちょいと円乗寺へ行ってきたんだ。平気だよ。体の調子はとてもいいんだから――」

お絹はお妙に微笑みながら答えた。確かに、お絹の顔色は、長屋の中に引きこもっていた先ほどまでより、ずっと明るい。

円乗寺と聞いて、お妙は表情を曇らせた。

「お七姉さんの墓参りになら、あたしが連れていってあげるつもりだったのよ」

小さく呟くその声も、もう尖ってはいなかった。

「ごめんなさい。お妙さんが帰ってくるのはもっと遅いと思ってたから、あたしが勝手な

判断で、お絹さんを連れ出してしまったの。悪いのはあたしなんです」

おいちはお絹を執り成すように、二人の間に割って入った。

お妙はそこでようやく、おいちに目を向けた。

「あたしの方こそごめんなさい。おいちさんを責めてるわけじゃないんだけど……。ただ、あたしはおっ母さんが心配で――。そんなに心配なら家を空けたりしなけりゃいいのにね」

最後の言葉は、自嘲するように聞こえた。お妙はそのままうつむいてしまう。

沈み込んだその雰囲気を救ったのは、お絹だった。

「そんなに心配しなくたって、おっ母さんは大事ないよ」

明るい声で言い、お妙の肩を抱くと、中へ入ろうと言って、おいちのことも誘った。

おいちも中へ上がらせてもらい、お絹は敷いたままの布団の上に、お妙とおいちはその傍らの床に座った。

「お妙――」

お絹は改めて、お妙に目を向け、娘の顔をじっと見つめた。

お妙は体を固くしている。産みの母に会ってきたことを何か訊かれるのだと、身構えているのだろう。

だが、お絹の口から出てきたのは、まったく別の言葉であった。

「おっ母さんのせいで、お前を困らせてきてしまったね」

お絹は静かな声で言い、それから、お妙の両手をそっと取った。

「お前は、おっ母さんの助けがなければ何もできない娘じゃない。本当は何でも一人でできるのに、おっ母さんがお前をつかまえて放さなかったんだよね」

「えっ……？」

お妙は虚を衝かれたような顔つきをする。

お絹は懐から卵色の薄様を取り出すと、お妙の手に握らせた。

お妙は折り畳まれた紙を開き、さっと目を通した。文字の美しさもさることながら、その筆遣いからは温かさが――おいちの思いやりが滲《にじ》み出てくるようだ。

お妙は文の最後に目をやった。

「たらちねの母が手はなれかくばかりすべなきことはいまだせなくに――」

お妙が歌を読み上げる。お絹が言うのは、この歌のことだと理解できた。

そう思うと、お妙の目から、涙が自然にあふれ出てきた。文を濡らすまいと、膝の横へ置き、手の甲で涙を拭う。涙は後から後から出てきて止まらなかった。

気がつくと、お絹が手拭いを頬に当てて、涙を拭いてくれていた。

お絹はお妙の右手に手拭いを握らせ、もう一方の左手を自分の両手で包み込むように握った。それから、

「おっ母さんは今、お前の手を放すよ」

と、優しい声で言い聞かせるように言った。お絹の手がお妙から離れてゆく。お妙の左

手が行き場をなくして、ぽとりと膝の上に落ちた。

「おっ母さん――」

お妙は涙に濡れた目で母をすがるように見つめる。できるのなら、このまま幼い娘のように、母の膝に取りすがりたいと思った。だが、できなかった。おいちがそこにいるからではなくて、お絹の眼差しがそれをさせなかった。

「手は放しても、いつだってつなぎ直せる。そうだろ、お妙」

お絹の言葉に、お妙はさらにあふれる涙をこらえながら、声もなく何度も何度もうなずき返した。

おいちが長屋を出て帰ることになった時、お妙は見送りに出てきてくれた。長屋の戸を出たところで、

「あたしを産んでくれたおっ母さんね」

お絹の前では口にしなかったことを、不意にお妙は言い出した。

「これから、今の旦那さんと上方《かみがた》へ行くんだって。それで、あたしに別れを言いたかったんだって」

「今、お妙さんがどんなふうに暮らしてるか、話したんでしょう？」

「ええ。お絹さんに感謝してるって泣いてた……。お前が幸せでよかったって、あたしのためにも泣いてくれた」

お妙は少し遠い目をして告げた。おいちはうなずき、今日はもうここでいいと、それ以上の見送りを断った。

「おいちさん、いろいろとありがとう。日を改めて、歌占の先生にもご挨拶に伺います」

お妙はおいちに目を向けると、頭を下げて告げた。

「ねえ、お妙さん」

おいちは少し改まった様子で、切り出した。お妙は黙って、おいちの次の言葉を待っている。

おいちは柄にもなく緊張した。ほんの少し躊躇った後、

「あたしの……友になってくれる？」

おいちは思い切って質問した。

できるだけ、何気なく平然と訊いたつもりであったが、自分でも不思議なくらい声が震えた。いっそのこと、答えを聞く前に逃げ出したくなる。

あたしは一人でも平気――いつも呪文のように唱えてきた言葉が、この時も頭に浮かんだ。だが、それを胸に唱えるより早く、

「当たり前じゃないの。おいちさんはもうあたしの友よ」

お妙の明るい声が、おいちの胸の暗闇を吹き飛ばした。

いつの間にか、固く瞑《つむ》っていた目を開けて、お妙を見ると、愛らしい垂れ目をにこにこさせて、おいちをじっと見つめている。

て問うた。

「どうしたの」

羽でも生えて、どこかへ飛んでいきそうなおいちの様子を、お妙が不思議そうに見つめて問うた。

「嬉しいの。だって、あたし、友と呼べる人を持ったの、初めてなんだもの」

おいちは弾けるように言って笑った。お妙がますます不思議そうな顔つきになる。

「友を持ったのが初めて――?」

まさか――という顔をしているお妙に、おいちはただ笑顔を向けた。

お妙はただ、おいちが軽口を叩いただけだと思ったらしい。

「それじゃあ、また」

おいちが言うのへうなずき返し、お妙は手を振って答えた。

(母さん、あたしにも友ができたの)

おいちは亡き母にそう報告した。

(それに、あのお菊とも、少し本音で語り合うことができたのよ。といっても、文をもらっただけなんだけど……)

母の面影が眼裏《まなうら》に浮かんだ。

母は何も言葉を返さない。だが、嬉しそうに微笑みながら、娘の報告を聞いている。

「たらちねの母が手はなれかくばかり……」

代筆で書いた歌を、そっと口ずさんでみる。

（でもね、母さん。母さんはまだもうしばらく、あたしを見守っていてね。あたしが颯太に逢えるまではせめて――）

おいちは胸の中で母にそう呼びかけると、その胸の昂《たかぶ》りを持て余したかのように、歩く足を速めた。特に急がなくてはならない用事があるというわけでもないのに、しだいに小走りになる。

おいちはほとんど走りづめで、梨の木坂の家へ戻った。

家の前までたどり着いた時には息が切れていた。中へ入る前にその場で膝に手をつき、息を整える。

傍らに立つ梨の木を見上げると、白い大ぶりの花が優しく風に揺れていた。

第三話　果たし状参る

一

露寒軒の家では、朝食と夕食は皆がそろって膳を並べるが、昼食は別々に摂る。そもそも、昼食は握り飯に漬物と汁物といった軽いもので、仕事をいちいち休むことはしない。

露寒軒、おいち、幸松の誰かが座敷に詰めるようにし、歌占《うたうら》の客が来た時に露寒軒が座を外していれば、少し待ってもらうというのが常であった。

その露寒軒が昼食の後、忽然《こつぜん》と姿を消したのは、暦が夏に変わり、四月も半ばを過ぎた日のことである。

露寒軒が食事に出ている間、座敷に詰めていたおいちは、四半刻（約三十分）ほどが過ぎても戻ってこないことに不審を抱いた。

「おさめさん、露寒軒さまがどこにいらっしゃるか知りませんか」

おいちは台所へ行って、おさめに声をかけた。おさめは後片付けをしており、幸松がそれを手伝っていたが、露寒軒の姿はない。

「露寒軒さまなら、今日はあまり食欲もないから、漬物とお茶だけでいいとおっしゃって、もうとっくに座敷の方にお戻りだと思ってたけど……」

おさめが怪訝《けげん》な顔つきをして言った。

「ええっ！」

昼の食事は台所に近い部屋で、食べることになっている。念のため、そちらの部屋をのぞいてみたが、誰もいなかった。

「露寒軒さまはお食事に立ったきり、座敷の方には戻っていらっしゃってないんです」

おいちが言うと、おさめと幸松も少し心配そうな顔になった。

「じゃあ、裏庭を見てこようかね」

おさめが立ち上がり、幸松には厠《かわや》を見てくるようにと続けて言った。

おいちは表通りを確かめに外へ出たが、すでに花の散った梨の木が、濃さを増した緑葉を温《ぬる》い風に揺らしているばかりで、露寒軒はおろか人の姿もない。

おいちが座敷へ戻ると、すでにおさめと幸松も来ていて、互いに首を横に振った。

「じゃあ、露寒軒さまはどこにもいないんですね」

おいちが言うと、おさめと幸松の表情がいっそう不安に揺れた。

「これまで一度だって、こんなことはなかったのに……」

おさめがおろおろしながら言う。

思い立ったように店を閉めて、散歩に出かけることはこれまでもあった。だが、そういう時は誰かが供をする習いだったし、最近はもっぱら幸松を連れてゆくことが多かった。

一人でどこかへふらっと出かけてしまうことなど、確かに一度もなかったのだ。

「何があったのかしら」

「まさか、かどわかしにでも遭われたんじゃ――?」

おさめの想像はどんどん悪い方へ進んでしまうらしい。すると、

「でも、賊が家の中まで入ってきて、旦那さまを連れ去ってしまうとは、ちょっと考えられないです。旦那さまはあんなにお強いんですよ」

幸松が冷静な口ぶりで言った。

「そうですよ、おさめさん。露寒軒さまったら、あきれるくらいお強いんだから――」

おいちも続けて言った。だが、心の半分は自分自身に言い聞かせるつもりで口にしている。

(まさか、あの三五郎とかって男が逆恨みして――? いいえ、その前にも、露寒軒さまはお菊を騙《だま》した男をやっつけた。江戸へ出て来たばかりで、騙されかけたあたしのことも助けてくださった……)

お菊を騙した男はつかまったが、その男と一緒にいた、幸松から金を騙し取った悪党は今もつかまっていない。そういった連中が露寒軒を――そう想像すると、おさめをなだめるどころではなく、おいち自身が不吉な予感にさいなまれてしまう。その時、

「ごめんください」

玄関口に女の声がした。

「こんな時に、歌占のお客さんかしら――」

露寒軒がいない以上、お客を上げるわけにはいかない。

「幸松、露寒軒さまはお出かけだからって言って、丁重にお断りしてきてちょうだい」

おいちの言葉にうなずくと、幸松は飛び出していった。だが、少しすると戸口のところへ戻ってくるなり、

「あのう、お客さんではなくて――」

と、困った顔つきで口ごもった。

「ごめんなさい。幸松さんに頼んで上がらせていただきました」

そう言って、幸松の背後から現れたのは、大伝馬町《おおでんまちょう》の紙商小津屋《おづや》の美雪であった。白地に杜若《かきつばた》文様という夏らしい小袖を着て、相変わらず目も覚めるような美しい装いである。

「美雪さんっ！」

おいちとおさめが同時に声を上げた。

美雪は風呂敷包みを一つ抱えている。四角く薄いその形からすると、見本帖《みほんちょう》でも持ってきたのかと思われた。

「もしかして、露寒軒さまとお約束でもございましたか」

おいちが尋ねると、美雪は首を横に振った。

「いいえ、今日は商いのため、勝手に押しかけたのです。新しい見本帖を戸田さまにもおいちさんにも、見ていただこうと思ってきたのですが、戸田さまが突然、行方知れずにな

られたとか」

幸松から聞いたのだろう、美雪が首をかしげるようにしながら言う。

おいちとおさめは難しい顔つきでうなずき、代わる代わる、露寒軒が昼過ぎに姿を消したこと、これまでこのようなことはなかったということを告げた。

「ですが、戸田さまが何も言わずに姿をお隠しになるというのも、誰かに連れ去られるというのも、あまり想像がつきませんね。何か、思い当たる節はありませんか」

美雪から問われて、三人はそれぞれ首をひねったが、特に何かを言われた記憶はなかった。

「ならば、書き置きなどを残されているかも――」

という美雪の発言で、それまで誰も目を向けなかった露寒軒の机上を探ってみることになった。

「あっ、これは旦那さまがお書きになったものじゃありませんか」

幸松がいちはやく気づいて、机の上の紙を手に取る。おいちとおさめが両側からのぞき込んだ。

白い漉《す》き返し紙に、金釘ばった五つの文字が並んでいる。だが、何と書いてあるのか、おいちにはまったく分からなかった。

「この真ん中の文字は、仮名文字の『に』かしら……?」

それさえ、首をかしげてしまうような書き具合なのだ。

「それに、最後は『る』ですよ」

幸松が一番下の文字を指さしながら言った。

だが、それ以外の部分は漢字で書かれていて、幸松も分からない。おいちとおさめにも分からなかった。

「私にも見せていただけますか」

美雪が言い出した。

「でも、美雪さん。とても読めるような字では……」

おいちは躊躇《ちゅうちょ》したが、美雪は笑顔を向けた。

「私は紙屋ですから、これまでにもいろいろな方の字を見てきました。癖のある方の字も、ずいぶんと知っておりますので読めるかもしれません」

美雪は落ち着いた口ぶりで言う。もしかしたら、美雪は露寒軒の筆跡を見たことがないのかもしれない。だから、こんなにも平然とした顔をしているのだ。おいちはそう思いながら、ひとまず漉き返し紙を美雪に渡した。

美雪はそれを受け取ると、しばらく紙の上に目を落としていたが、ややあってから、

「おそらく、初めの二文字は場所で、そこ『に参る』と書いてあるのだと思います」

と、言った。

「すごいわ、美雪さん。この文字が読めるなんて――」

おいちは美雪に感心して声を上げた。

「確かに癖はありますけれど、私はこれよりも読みにくい方の筆跡を見たこともございますから——」

控えめに美雪は言った。それから、少し眉を寄せると、初めの二文字に指を当てながら、

「この漢字の部分は、あまり自信がないのですけれど、おそらく初めの文字は馬偏だと思うのです。二文字目はよく分かりませんが、馬偏で始まる江戸の地名といえば……」

と言って、少し間を置いた。美雪は顔を上げると、おいちとおさめを交互に見つめながら続ける。

「駒込《こまごめ》ではないでしょうか。ここから、近いですし……」

「あっ……。そうだ。それに違いないよ、おいちさん」

おさめがぱちんと両手を打ち鳴らして言う。

おさめはずっと江戸に暮らしているので、江戸の地名にはくわしい。おいちはたくさんの地名を知るわけではないが、駒込といえば、お菊が騙されて出かけていった茶屋のあった所である。だが、それ以前にも、駒込という地名をどこかで耳にしたような気もするのだが……。

「駒込だとすれば、戸田さまが行きつけにしている場所に心当たりなどありますか」

美雪から続けて問われると、おさめは首をかしげた。

「さてねえ。露寒軒さまが散歩をなさる時は、たいてい本郷の中だし……。ご友人やご親戚が駒込にいるという話も、聞いたことはないねえ」

おさめが知らない以上、おいちがさらにくわしいことを知るはずもない。おさめより前に、露寒軒と一緒に暮らしていたことのある幸松も、困った様子で首を小さく横に振った。

その幸松に目を向けた時、おいちはふと、幸松のことを話してくれた扶《たすく》のことを思い出した。扶は露寒軒の弟子としてここに暮らしていたことがあり、その頃、幸松と幸松の祖父磯松《いそまつ》とも同居していたのである。

その扶がふた月ほど前、露寒軒を訪ねてきた時、おいちは顔を合わせた。そして、

――あちらの主人が、昨年、駒込の下屋敷を拝領した件をお話ししましたが、覚えておいでででしょうか。

と、扶は露寒軒に話していたのだ。

(そうよ。その後、あたしは扶さんから、いろいろ聞いたんだったわ。駒込のお屋敷っていうのは、確か……川越《かわごえ》藩主の柳沢《やなぎさわ》さまっていうお方のもので、露寒軒さまとは浅からぬ因縁があるんだって)

他に、露寒軒と駒込との関わりがないのであれば、露寒軒が向かった先は駒込の柳沢家の屋敷ではないのか。

あの時、露寒軒がたいそう怒りに満ちた口ぶりで、柳沢家の当主を罵《のの》っていたことからしても、それは十分にあり得る。

「分かりました！　あたし、駒込に思い当たる所があります！」

おいちが思わず声を高くして叫ぶように言うと、美雪とおさめ、幸松がその声に驚いた

表情を浮かべ、おいちをまじまじと見つめた。

二

おいちの話を一通り聞き終わると、

「ならば、おいちさん。今からそちらへ伺ってみましょう」

と、美雪は言い出した。

駒込の地理なら大体分かるという美雪が付き添ってくれるのはありがたい。

「おいらも連れていってください」

扶のことを聞いて懐かしくなったのか、幸松も必死な顔つきで言った。

おさめが留守番に残ることになり、おいち、美雪、幸松の三人はそれから、露寒軒宅を出て、駒込にある柳沢家の屋敷へ向かった。

梨の木坂を下り、「こちらですよ」という美雪に従って歩きながら、

「どうして、露寒軒さまは急に駒込に行こうと思い立たれたのかしら……」

おいちは露寒軒の真意をつかみかねて呟《つぶや》いていた。

「もしかしたら、ずっと行ってみたいと思っていて、たまたま思い立たれたのかもしれませんよ」

美雪が言う。

「でも、それなら前々から、そのことをおっしゃってくだされぱいいのに……」

おいちが不服そうに口を尖《とが》らせると、

「それは無理ですよ」

幸松がしたり顔で口を挟んだ。

「だって、先ほどのおいち姉さんのお話では、旦那さまはそのお屋敷の持ち主を、目の敵《かたき》にしておられるんですよね。そのような所へ行きたいと、あの旦那さまが前もっておっしゃるとは思えません」

「そう言われれば、確かにそうかもしれないわね」

おいちも納得した。

自分が気にしていることを、おいちたちに感づかれるのを嫌うに違いなかった。だから、こんなにも急に、ただ書き置きだけを残して、一人で出かけてしまったのだ。

「そういえば、扶さんが言ってたわ。柳沢さまのお屋敷には、何ていう名前だったかしら……。古今伝授《こきんでんじゅ》とかっていうのを授けてくれる偉い学者さんがいるって――。露寒軒さまはその人のことも、さんざん悪口言ってらしたけれど……」

おいちが歩きながら呟く言葉に、美雪は少し考え込むような表情を浮かべたが、何も言わなかった。

やがて、四半刻も経《た》たぬうちに、三人は駒込の目指す屋敷の見える場所まで来た。

「あそこが、元加賀藩の下屋敷です。確かに、先年、川越藩主の柳沢さまに譲られたと聞いています」

美雪が少し低い声で、おいちたちに説明する。

件《くだん》の屋敷の門は堅く閉ざされており、門前には門番らしい侍が二人立っているのが見えた。同時に、その二人と対面する形で、黒の羽織姿の露寒軒が、おいちたちに背を向けて仁王立ちになっているのも目に入った。

「あっ！」

おいちと幸松が同時に声を上げたが、かろうじて、露寒軒の名を口に出すのは思いとどまった。

美雪はなおも黙って進んだが、露寒軒の背中に残り二十歩という所で足を止めた。

それと同時に、屋敷の門前には変化が見られた。

大門の横にある通用口から、黒い宗匠《そうしょう》頭巾をかぶった男が一人出てきたのである。

大柄で体格のがっしりした露寒軒とは正反対の、小柄な男であった。齢《よわい》の頃は、露寒軒と同じくらいか、それ以上と見える。

「あちらの方は……」

美雪が小さく呟いたのを、傍らのおいちは聞いた。

「お知り合いですか」

露寒軒には聞こえないだろうが、声を小さくして問うと、

「はい。うちのお客さまです。北村《きたむら》さまとおっしゃるのですが……」

美雪も低く抑えぎみの声で答えた。

「えっ、北村さまって……」

　ようやく思い出した。

　うっかり忘れていたが、露寒軒が扶を前に、さんざん悪口を言っていた学者の名前が北村だった。そう、北村季吟《きぎん》だ。

　柳沢保明《やすあきら》に招かれて、今は幕府歌学方《ばくふかがくかた》をしているという――。

　美雪がその場を動かないので、おいちもそこで成り行きを見守り続けた。

「貴殿は、北村季吟殿であるな」

　露寒軒は小柄な頭巾姿の老人に向かって、大声を張り上げて問うた。

「わしは戸田茂睡《もすい》と申す。号は露寒軒。本郷に住まう歌人じゃ。今日は柳沢家の下屋敷を拝見せんと参ったが、門番の侍どもが融通の利かぬ者ばかりで、長らく待たせられた」

　門番たちの困った表情など意にも介さぬ様子で、露寒軒は朗々とした声でしゃべり続けた。

「いかにも、それがしは北村でござる。戸田殿のご尊名は存じております」

　北村季吟は小柄な体格とは裏腹に、露寒軒にも劣らぬよく通る声で応じた。

　幕府の役人である北村季吟が「ご尊名」と言うからには、露寒軒もまた、季吟に劣らぬ学者であり歌人であるということだ。扶からの話で、おいちもそのことを頭では分かっていたが、日頃の露寒軒と接している時はつい失念してしまう。

「されど、ここは柳沢さまのお屋敷にて、紹介状もなく、いきなり入れよと申されても、お入れすることはできませぬ。ただ今、柳沢さまはご不在にて、我らの一存で戸田殿をお入れすることもでき申さぬ。そのことは、ご承知いただかねばなりませぬが……」

高くも低くもない季吟の声は、老人とは思えぬほど張りがあって若々しく聞こえた。

京の神職に就いていたというだけあって、季吟の顔立ちには気品がある。しかし、親しみにくいということはなく、下がり眉のせいか、厳《いか》つい顔の露寒軒よりずっと優しげな風貌であった。

「なるほど、相分かった。しからば、今日のところは引き下がろう。また出直してまいるゆえ、貴殿から柳沢殿への紹介状を書いてもらいたい。それでよろしいか」

話を聞く限りでは、露寒軒と季吟は初対面のようである。互いに世間に名を知られる人物とはいえ、初対面の者を相手に紹介状を書けとは図々しい話だ。

これでは、季吟を怒らせてしまうのではないか。おいちはそう案じてはらはらしたが、季吟の方は冷静だった。

「その前に、戸田殿が何ゆえ、このお屋敷の中を御覧になりたいのか、まずはそこをお聞かせ願いたいですな」

「それについては、しかとした理由《わけ》がある。柳沢殿はこちらのお屋敷の庭園に、敷島の道《しきしまのみち》（歌道）の真髄を目に見える形で示そうとなさっているのだとか。その有様をお見せ願いたい」

露寒軒は堂々とした口ぶりで言い放つと、それまで落ち着いていた季吟の表情が、この時だけにわかに変わった。

「何ゆえ、そのお話を——？」

「さようなことは、貴殿に言うに及ばず。わしの問いかけに答えてもらおう」

露寒軒の身勝手な言い分は続いていたが、季吟はいったん見せた動揺をすぐに消し去り、再び冷静さを取り戻したようだ。

「柳沢さまが造らんとしている庭園を御覧になりたいのであれば、ただ今のお屋敷にお入りになっても、何の意味もないでしょう。まだ、庭園には何の手も加えておりませぬ」

「これから作らんとする絵図面がござろう。それを見せていただこうか」

「これはしたり。大名屋敷の内部を明かす絵図面など、たやすく見せられるものでないことくらい、戸田殿とてご存じでござろう」

この時ばかりは、季吟の物言いも厳しかった。だが、露寒軒の方も怯《ひる》みはしない。

「わしが見たいのは、屋敷や庭園の構造ではない。柳沢殿や貴殿が造ろうとしているものが、敷島の道の真実《まこと》として、誤っていないかどうか、それを検《あらた》めさせてもらいたいだけじゃ」

「ならば、出来上がった庭園を御覧になるのがよろしいのでは——。それならば、私から柳沢さまにご進言して、貴殿をお招きするよう口利きいたしましょう」

有無を言わせぬ切り返しをされて、さすがに露寒軒は口をつぐんだ。

この先どうなることかと、おいちが気を揉《も》んでいると、

「貴殿は、ここに『古今伝授』の世界を表そうとしているのではないか」

と、露寒軒は急に勝ち誇ったような顔つきになって言い出した。

「さて。『古今伝授』は師匠から弟子へ受け継がれる秘伝の教え。それをたやすく明かすようなことはできぬと存じますが……」

それを聞くなり、露寒軒は太い眉を吊《つ》り上げた。

「あからさまに明かさずとも、伝授された者だけに分かる仕掛けをほどこして、己らだけ得意ぶりたいのではないか。それが、この屋敷の庭を造り直す貴殿らの真の目的であろう」

「それはまた、子供じみた邪推でございますな」

季吟が口許《くちもと》に笑みを湛《たた》えながら言い返した。皮肉とも聞こえぬような優しげな物言いだ。だが、それだけに露寒軒の怒りは一気に跳ね上がったようだ。

「な、何じゃと――」

露寒軒の右足が一歩踏み込まれたその時、

「そもそも、貴殿が『古今伝授』を否《いな》み、敷島の道の伝統を壊さんとしていることは、当方も承知。されど、伝統を壊したその先にあるものを、貴殿は分かっておられるのですか」

季吟が露寒軒を制するように言い放った。物言いの穏やかさはそれまでと変わらないが、その声に刃のような鋭さが混じったように、おいちには感じられた。

「わしは型にとらわれ、わざと難解な詠《よ》みぶりを好む伝統を批判しておるだけじゃ。歌とは心を詠むものじゃろう。意味の分からぬ言の葉などに、魂などは宿らぬ」

　露寒軒は声高《こわだか》に自説を述べた。

「型にとらわれた最たるものが『古今伝授』というわけですか。それを頭から否定はいたしませんが、ならば、貴殿は型にとらわれず、歌を詠むことができるのですか。そもそも、敷島の道とは型を整えようと、先人たちが作り上げてきた道――。決まりごとがなければ、つまらぬ言の葉を歌と言い張る者も出てまいりましょう。選び抜かれもせず、そこらに転がっている石ころのような言の葉を、歌と呼ぶことに、貴殿は何の抵抗も覚えぬ、とでも――？」

　露寒軒の言葉にも一理ありそうだし、季吟の言葉も筋が通っている。

　二人の間に――いや、露寒軒の一方的なものと言う方が正しいのかもしれないが――ぱちぱちと火花が散ったように、おいちには思われた。

　一体、この押し問答にはどう決着がつくのか。不安に思いながら、息をつめた時、

「失礼いたします」

　おいちの傍らに立っていた美雪が、つと進み出て、二人に近付いていった。

　美雪の声は、露寒軒のような大声でもなかったし、季吟ほど張りのある力強い声でもなかったが、その凛《りん》とした透き通る声に、男たちは皆、顔を上げて美雪の方を見た。

「おや、そなたは……」

季吟の表情に変化が起きた。

「大伝馬町の紙商小津屋にございます。北村さまにおかれましても、戸田さまにおかれましても、いつもご贔屓《ひいき》にしてくださり、ありがとうございます」

美雪は二人から、五歩ほど離れた所で足を止め、優雅に一礼した。

露寒軒と季吟は、自分たちがそろって小津屋の客であったことを知り、きまり悪そうに顔を見合わせている。

「本日は、戸田さまのご自宅へ、見本帖を持って伺いましたところ、駒込の方へお出かけと聞きましたので」

美雪は露寒軒に目を向けて言った。

「そうか。わざわざこちらまで足を向けさせてしまったか」

「いいえ、それは大したことではございません。こうして、北村さまにもご挨拶できましたし……」

美雪は如才なく答えた。

その時、先ほど季吟が出てきた通用口から、腰を屈《かが》めて一人の男が現れた。藍鼠《あいねず》色の宗匠頭巾をかぶっているが、季吟よりはずいぶんと若く、四十代半ばほどと見える。その男は、露寒軒や美雪らの姿に気づくと、黙って頭を下げた後、

「父上――」

と、季吟に向かって呼びかけた。

「何じゃ、湖春《こしゅん》」

　季吟が息子に目を向ける。

「お庭のことで、少々お尋ねしそびれたことがあると、ご家中の方々が中で騒がしくしておられます」

　湖春と呼ばれた男が、折り目正しい態度を崩さず、季吟に言った。

「そうか」

　季吟はうなずき、露寒軒と美雪に目を戻した。

「北村さまにおかれましては、お忙しいようでございますので、今日のところはこれにて――。また、日を改めまして、当方の手代をご自宅へ遣わします」

　美雪がすかさず挨拶して、季吟に一礼した。季吟は目礼を返し、露寒軒にも目を向けたが、露寒軒はどういうわけか、もう季吟の方を見てはいなかった。

　露寒軒の目は、今現れた湖春の方に、じっと向けられている。

　季吟はそれに気づくと、何も言わず、そのまま先ほどの通用口をくぐって屋敷の中へ戻っていった。湖春が露寒軒と美雪に一礼し、その後に続く。

「戸田さま……？」

　湖春の姿が見えなくなると、美雪が遠慮がちに声をかけると、露寒軒は夢から覚めたような表情を浮かべた。

「う、うむ――」

露寒軒は今初めて、美雪がそこにいたことに気づいたというような目を向けた。それから、おいちと幸松の姿に改めて気づくと、

「お前らは何ゆえここにおる？」

と、まるで怒っているような声を出した。

「何って、美雪さんとご一緒に、露寒軒さまを捜しにきたのではありませんか」

「捜しにきたとは無礼な――。わしを迷子のように言うでない」

「もちろん、戸田さまの書き置きがあったから、この場所が分かったのでございます。ただ、おいちさんと幸松さんは、私の付き添いをしてくれたのでございます」

美雪が柔らかな口ぶりで言い添える。

「ふん、さようか」

露寒軒は不機嫌そうに言った。

「用は済んだ、帰るぞ」

誰にともなくそう言うと、露寒軒は本郷の自宅へ向けてさっさと歩き出した。

三

美雪は結局、そのまま露寒軒に従い、本郷の家まで供をさせられることになってしまった。

「美雪さんには、無駄足を運ばせてしまって……」

謝罪の言葉を述べない露寒軒に代わって、おいちは恐縮したが、

「私が勝手にしたことですし、それに、ここから本郷はどうせ帰り道ですから——」

美雪は屈託のない様子で言う。

それから、美雪も含めた一行は、本郷の露寒軒宅に帰り着いた。

「まあまあ、露寒軒さまがご無事でよかった……」

おさめは露寒軒の姿を見るなり、安堵《あんど》の表情を浮かべて言ったが、その途端、

「愚か者っ！」

露寒軒の怒鳴り声が家中に響き渡った。

「わしは書き置きを、しかと残していったではないか」

玄関口で露寒軒はさらに言い募る。

「そ、それは確かに、そうなんでございますけど……」

それが読めなかったから困っていたのだとは言い出しかねて、おさめは口ごもった。

「それより、おさめさん。歌占のお客さんはいらっしゃらなかったんですか」

おいちが二人の間に割って入った。

「あっ、お一人だけ、若い娘さんがいらっしゃったんですが、今日は丁重にお断りしてお帰りいただきました」

おさめが言うと、露寒軒はきまり悪そうに「ふんっ」と言うなり、履物を脱いで中へ上がっていってしまう。客が来ていたのに、それを放り出して出かけたことを、誰かに責め

られたくないのだろう。

そのあたりの呼吸は、おいちもつかめるようになっていたので、座敷へ戻った後も、あえて何も言わなかった。

座敷へ通された美雪は、

「新しい薄様《うすよう》の見本帖ができたので、お持ちいたしました。白の薄様は、紙漉《かみす》きの職人がさらに工夫を重ねて、ますます薄く、それでいて丈夫な仕上がりとなっております。色物の薄様を重ねれば、その色合いはかなりくっきりと透けて見えるはずでございます」

美雪は言い、露寒軒の前に、新しい見本帖を開いてみせる。

前に、おいちが買った薄様は、紅と紫、それに鳥の子紙の地の色を生かした薄黄色のものであるが、新しい見本帖には、青、緑、山吹色など、種々の色がとりどりにそろっていた。さらに、それぞれの色が濃いのから薄いのまであり、見ているだけで溜息が出てくる。

露寒軒の傍らで、見本帖に見入っていたおいちは目を輝かせた。

露寒軒は一通り、見本帖には目を通したものの、

「されど、わしのお札はいつも杉原紙《すぎはらがみ》じゃ。薄様ならば、このおいちだけが見ればよかろう。まあ、代筆の依頼の方は、己の従姉《いとこ》と本郷のお妙という娘の他には、依頼がまるでない様子じゃが……」

と、おいちの方にじろりと目を向けて言った。おいちはかちんときて、

「あたしだって、これから美雪さんに助けてもらって、引き札を作るつもりなんです。そ

うしたら、いつかきっと、歌占のお客さんより、代筆のお客さんの方が多くなる日だって、来るに違いありません」

思わず、そう言い返してしまった。

「ふんっ、物事はそうたやすくはいかぬもんじゃ」

露寒軒もむきになって切り返してくる。

「まあまあ、お二人とも――」

間に割って入ったのは、美雪であった。

「実は、その引き札のことも含めて、今日はご相談に上がったのです。おいちさん、引き札は代筆だけでなく、露寒軒さまの歌占も含めた宣伝にしてはいかがでしょうか。また、戸田さま。おいちさんという若いお嬢さんがお手伝いなさるようになったのですし、歌占のお札も、薄様のきれいな紙にお書きになることを、お考えになってはいかがでしょう」

美雪はおいちと露寒軒の目をじっと見つめながら、熱心に言った。

露寒軒は渋い顔をした。

「歌占のお札を薄様にしたら、これまでよりも値がはるではないか」

「確かにそうですけれど、それならば、見料《けんりょう》を少し値上げしてはいかがでしょうか。戸田さまの占いのお力は、世間でも評判ですし、見料が十文というのはお安いように思います。それに、おいちさんの字はとても美しいものです。美しい字が美しい薄様に書かれたお札は、それを買ったお客さまにとっても、大切な宝となるはずです」

「お札は、白の薄様に色の薄様を合わせて、結び文になさるのです。そうすれば、何色のお札を引いたか、お客さまはそれを見るだけでも楽しいのではないでしょうか。また、次はどんな色のお札が出るかと、くり返し歌占をお頼みになるお客さまも増えるのではないかと思われます」

「まあ、確かに……そうかもしれん」

「それから、おいちさん」

露寒軒の心がかなり動いた様子だというのを見届けてから、美雪はおいちの方に目を向けた。

「は、はい――」

「これも、少し値のはる話でございますけど、引き札にも薄様を使ったらよいのではないかと、私は思うのです。歌占のお札はこのようなものだと、皆さまに伝わるでしょうし、何より美しい引き札は人の心を惹《ひ》きつけます。引き札といえば、活版であったり、色付きであったり、いろいろとございますが、おいちさんの場合は手書きですから、紙そのものに工夫をしていただくのが一番だと思うのです」

「薄様の……引き札――?」

おいちは呟きながら、美雪が持ってきた見本帖に再び目を落とした。

確かに、こんな美しい薄様の引き札を受け取ったら、すぐに捨てたりしないで、大事に

「ふ……うむ」

しまっておいてくれるだろう。知り合いにも見せてやろうと思ってくれるかもしれない。

おいちの中で、夢が少しずつふくらみ始めた。

「おぬしはまこと、商い上手よな」

不意に、露寒軒が美雪に言った。

「小津屋の支配人が、おぬしを嫁には出さず、婿を取ろうとするわけじゃ」

美雪は何を言われても、にこやかな笑顔を浮かべている。

「仕方がないな」

露寒軒が言うなり、

「ありがとうございます」

という美雪の言葉と、

「本当ですか！」

と叫ぶおいちの言葉が重なった。

「引き札の費用は、折半じゃぞ」

露寒軒が重々しく言う。

「お前の分は借金の方に加えておく」

「えっ、でも、引き札を書くのはあたしの仕事ですよね」

その分だけ、少しは割り引いてもらえるのではないかと、口にしてみたものの、

「愚か者っ！」

という怒鳴り声が返されてきた。

「そもそも、わしの客は引き札などなくともやって来る。引き札にわしの名を使わせてやるだけでも、お前には破格の待遇じゃ」

露寒軒から叱りつけられ、おいちは口をつぐんだ。これ以上、何かを言って、引き札に名を使わせないと言われては元も子もない。

ふと気がつくと、美雪の眼差《まなざ》しがおいちに向けられていた。それでいいのだというふうに、美雪がうなずき、微笑《ほほえ》んでみせる。

「それでは、おいちさん。引き札の見本を当方でお作りしてから、また、お持ちいたします。費用のお話などは、またその時にでも――」

美雪はすかさず言い、露寒軒にお札の薄様の注文について尋ねた。小津屋の方で適当に見つくろってくれればいいと言う露寒軒の返事を聞き、

「それでは、そちらの方も近いうちに、手代をこちらへ遣わすようにいたします」

と、美雪は手際よく答えた。

美雪の用事はそれで終わりだったらしく、美雪は薄様の見本帖をしまうため、風呂敷を広げ出した。その時、

「そうじゃ。もう一つ、小津屋に注文したい品がある」

と、露寒軒が思い出したように言い添えた。

「はい。何でございましょう」

美雪は即座に顔を上げて尋ねた。

「この度、大事なる文を書かねばならぬのじゃが、並の紙を使うわけにはいかん。特別上等な、いわば、紙の中の紙、紙の王とも言うべき紙が要《い》るのだが……」

露寒軒はどことなく、眼差しを険しくして言う。

「紙の中の紙でございますか」

美雪は考え込むようにしながら呟き、少し間を置いてから先を続けた。

「古い伝統を持つものであれば、美濃紙、杉原紙でございましょうが、今はそれほどめずらしくありませんし、値打ちのあるものではなくなりました。美しさでいうのなら、やはり丹波《たんば》の黒谷《くろだに》産のものでしょうが……」

黒谷は平家の落人の子孫が暮らす場所とも言われ、美しい紙を作る秘境として知られている。しかし、

「美しくなくともかまわん。いいや、むしろ美しい紙など勿体無《もったいな》いくらいじゃ」

露寒軒は美雪の言葉を遮るようにして言った。その言葉に、美雪が不思議そうな顔を浮かべる。

「失礼ですが、戸田さまはその紙に、何をお書きになるのでしょうか」

美雪が問うと、

「果たし状じゃ」

露寒軒は背筋をぴんと伸ばし、胸を張って答えた。

「果たし状――？」

露寒軒の傍らにいたおいちは、思わず声を上げてしまった。

「露寒軒さま、どなたかと斬り合いでもなさるんですか」

おいちが目を見開いて問うと、露寒軒は「いいや」と首を横に振った。

「わしの戦いは、刀をもってするのではない。歌の心、大和魂をもってするのよ」

「はあ……？」

初めは何のことか分からず、ただ呟いたおいちだが、突如として、脳裡《のうり》にあの北村季吟の面影がよみがえった。

「もしかして、露寒軒さま。北村季吟さまに果たし状をお書きになるのですか」

おいちが尋ねると、露寒軒は「さよう」と、もったいぶった様子で言った。

何やら、意気揚々とした顔つきである。

「えっ、北村さまに――？」

美雪が小さな驚きの声を上げた。

「さようじゃ。あやつの後生大事とする『古今伝授』が、敷島の道を歪《ゆが》めていることを教え、和歌を正しき道へ導かねばならぬ。そのための果たし状じゃ」

露寒軒が堂々と言い切ったのに対し、美雪は何とも返事のしようがないといった様子で、黙り込んでいる。代わりに、おいちが口を開いた。

「でも、露寒軒さま。果たし状というのは、少し大袈裟《おおげさ》なのではありませんか」

「何を申すか。わしはわし一人の利益のために、これを為《な》そうというのではない。敷島の道を正しく導くために為そうというのじゃ」

「でも、北村さまは幕府歌学方っていう、重職に就いておられるんでしょう。そんなふうに目の敵にするより、仲良くなさった方が露寒軒さまのためでいらっしゃるのに……」

「愚か者め！　それだから、お前は何も分かっておらんのじゃ。幕府歌学方などという役職なんぞに目を奪われて、何がまことに大事なるかを見極めておらん」

露寒軒の決心が変わることはなさそうだった。

「ところで、紙の中の紙というお話でございますが……」

再び露寒軒とおいちの言い争いが始まるのを避けようとしたのか、美雪が切り出した。

「実は、父から聞いたことがございます。伊勢松坂の旦那さまが『紙の王』だと言っていた紙のことを――」

「『紙の王』だと――。ほう、それは何じゃ」

露寒軒が途端に興味を示して、美雪の口許を見つめた。

「越前《えちぜん》の鳥の子紙です。鳥の子紙自体は昔からあるものですし、産地も摂津名塩《せっつなじお》、近江《おうみ》小山などがありますが、やはり越前に及ぶものではありません。越前の鳥の子紙こそ『紙の王』にふさわしい紙か、と――」

「なるほど、小津屋の主人が言うからには、確かにそうなのであろう。では、近々、おいちか幸松を小津屋へ使いに行かせるゆえ、とびきり上等の越前鳥の子紙を用意しておくようにな」

露寒軒は美雪に言った。

「かしこまりました。ただ、店の在庫にあるかどうか分かりませんし、なければ京から取り寄せることになりますから、ご用意できたら、こちらからお届けに上がりましょう」

美雪はそう言うと、先ほどしまい損ねた見本帖を風呂敷にしっかりと包み、露寒軒に一礼してから立ち上がった。

おいちは美雪を見送るために、立ち上がって玄関まで出向いた。幸松もその後から追ってくる。

「ありがとう、おいちさんも幸松さんも――」

美雪は草履を履いて外へ出ると、門前まで見送った二人に礼を言った。それから、

「心配しなくとも、戸田さまは無茶はなさらないと思いますよ」

と、続けて言った。

「そうでしょうか。お偉い人を相手にしても、いつものようにお振る舞いになるんじゃないかと、あたしは心配なんです」

「おいちさんは戸田さまを、心から心配しているのですね」

美雪に微笑まれて、おいちは何となくきまり悪さを覚えた。

「そりゃあ、ここには、幸松もいるんですから――」

露寒軒だけが心配なのではないという言い方を、おいちはした。

「そうやっていつも人を思いやるのが、おいちさんのいいところ。でも、あまり無茶をしてはいけませんよ」

美雪は微笑を消して言った。

「えっ、あたしが無茶って、どういう――？」

「深い意味はありません。ただ、江戸は怖い所ですから。幸松さんも分かっていますね」

美雪に目を向けられて、幸松は顔を強張《こわば》らせ、しっかりとうなずいた。

「平気です。あたしも幸松も痛い目を見たし、もう騙されたりはしません」

おいちは幸松の肩に手を置いて言った。

「それならよいのです」

美雪は再び微笑を浮かべると、それでは――と目礼し、歩き出した。

その姿が見えなくなった後も、おいちと幸松はその場に立ち尽くしていた。

美雪がそれまでいた場所には、何となくきらきらした輝きが残っているように思える。

「美雪さんって、本当にきれいな人よね」

おいちが独り言のように呟くと、

「うん」

と、幸松が素直にうなずいた。

「この秋には、お嫁さんになるのよ」

「知ってます。小津屋の仁吉《にきち》さんでしょ？」

幸松がおいちを見上げて言った。

「うん、そう。お似合いの二人よね」

ことさらうらやましかったわけではないのだが、おいちの呟きに何か感じるものがあったのか、

「おいち姉さんも、花嫁さんになりたいんですか」

幸松は突然、真剣な目をして尋ねた。

花嫁さん——という言葉に、思わずどきりとした。

まだまだ先のことだと考えていた。同時に、いつか必ず来る日のことだとも思っていた。

そして、その日、自分の傍らには、必ず颯太がいてくれるのだ、と——。

颯太以外の人に添うことなど、考えてみたことさえない。

おいちの眼差しはふと、表通りに面して立つ梨の木に向けられていた。

すでに花も散り、若葉を生い茂らせた梨の木は、花の季節の頃より力強く見えた。これから、実がなる仕度に入るのだろう。

今年、梨の実がなる頃、自分は颯太と再会しているのだろうか。今年の秋、颯太はまた、梨の実をおいちのためにもぎ取って、贈ってくれるのだろうか。

——これ、お前にやるよ。

——お前にやりたかったんだ。

昔のように、白い歯を見せてそう言ってくれるのだろうか。

颯太のことを思い浮かべると、胸が切なくなる。うまく言葉が出てこないおいちを、不安そうな目で見上げながら、

「おいち姉さん……？」

幸松が呼びかける。

おいちは込み上げてくる熱いものを無理に飲み込んだ。

「そりゃあ、花嫁さんにはなりたいけど……。あたしにはまだまだ先の話よ」

おいちは明るい声で、何気なく言った。その様子に、幸松が少し安心したように顔をほころばせる。

「そうですよね。だって、おいち姉さんは美雪お嬢さんより、ずっと若いですもんね」

幸松が勢いよく言い、にっこりと笑った。

何となく心が慰められて、おいちも微笑み返す。

その目の端で、梨の木の若葉がささやかに揺れていた。

四

翌日、幸松は大伝馬町の小津屋まで行って、越前の鳥の子紙があれば受け取ってくるようにと言いつけられ、おいちは果たし状の代筆を命じられた。

「今日は昼過ぎまで、店は開けぬこととする」

露寒軒は勝手にそう決めてしまい、おいちを前に、果たし状の文句を述べ始めた。

「果たし状参る」

いきなりそう始まる文であった。

おいちは下書き用の漉き返し紙に、露寒軒の口にした言葉をそのまま綴《つづ》ってゆく。

「それ、近代の歌なるもの、僻事《ひがごと》多く候。貴殿の大事なる『古今伝授』こそ、敷島の道を閉ざすものにて候。歌は大和言葉なれば、人の言ふほどの詞《ことば》を歌に詠まずといふことなきにて候……」

――果たし状をお送りいたす。そもそも、今の世の和歌と呼ばれるものは、間違いばかりである。おぬしが後生大事にしておる「古今伝授」こそが、この和歌の道を台無しにする悪弊であろう。和歌とは、漢詩とは異なり、この国で生まれた大和言葉を使うものである。それならば、我々が今まさに口に出して使う言葉を、歌に詠まないという法があろうか。そもそも、それを禁じることからしておかしい。また、「ほのぼのと」を初句に用いるのを禁じておるが、それも道理に反しておる。歌聖柿本人麻呂《かきのもとのひとまろ》の作った歌に遠慮するということだが、そのようなことを歌聖《せい》が望むであろうか。優れた言葉遣いは、後代の人に受け継がれてこそ、生き生きとした光を放つというもの。それこそ、言葉が生きるということだ。おぬしらがしておることは、言葉を殺すようなもの。おぬしらが使っておる言葉はすでに死んでおる。

「ええい、愚か者どもめが！　おぬしらが使っているのは死んだ言葉に他ならぬ。言葉を殺して、何が面白いのか！」

露寒軒の両の拳が硬く握り締められ、その肩が激しく波打っている。しかも、初めは文に書き綴るための言葉遣いだったのに、途中から、まるで北村季吟を目の前にして罵っているかのようになってしまった。

「お、落ち着いてください。露寒軒さま――」

おいちは筆を止めて、思わず露寒軒にそう言ってしまった。

「わしは冷静じゃ」

露寒軒は怒鳴り返しこそしなかったが、不機嫌そうに言い返した。

「冷たく冴えた頭で、わしは怒っておる。この世の中の和歌が、権勢に媚《こ》びる者どもらにいじり回され、死にかけておるのを嘆いておる。ああ、何たることか。これはまさに、雄々しき鳳凰《ほうおう》が病み衰えて、飛び立てなくなっているようなものじゃ」

「ほうおう……？」

「そうじゃ。この病んだ鳳凰を救えるのは、まさにこのわししかおらぬ。わしこそが、当代の和歌の道を正すのじゃ。いいや、わしこそが鳳凰、すなわち鴻《おおとり》なのじゃ。さしずめ、北村季吟なぞは燕《つばめ》や雀《すずめ》といったところか。燕雀安《えんじゃくいず》くんぞ鴻鵠《こうこく》の志を知らんや――とは、まさにわしの心を言い表したものよ」

「あのう……。何をおっしゃっているのか、さっぱり分からないんですけど……」

おいちは恐るおそる口を挟んだ。

「今のお言葉、果たし状に書くべきなのでしょうか。書くとしたら、どのように書けばよろしいのでしょう」

「ふむ。最後に、燕雀安くんぞ鴻鵠の志を知らんや――そう書き加えておけば、それでよい」

露寒軒は顎鬚《あごひげ》を撫《な》ぜながら言った。

「それだけでよろしいのですか」

「北村季吟は愚か者じゃが、そのくらいの言葉の意味は通じるじゃろう」

露寒軒は納得したように言うが、おいちには「えんじゃく」も「こうこく」も何のことか分からない。いちいち、露寒軒に訊《き》き直して、その漢字を漉き返し紙に綴ってもらうのだが、例の悪筆だから、見たこともない漢字は余計に分かりにくい。そんなすったもんだの末、ようやくおいちは文の最後に、先ほどの文句を書きつけた。

「お前は、この言葉の意味を知らぬのであろう」

露寒軒があきれ果てたという目を、おいちに向けて言った。

「知っていたら、こんなに苦労はしません」

おいちが言い返すと、「まあ、そうであろうな」と露寒軒はうなずき、それから、

「お前も、少しは故事成語などを知っておいた方がよい」

と、どことなく親身な口ぶりで言った。

「代筆の客人が、相当な教養人であったらいかがする。文に、和歌、漢詩等の引用を用いることは、ずっと昔から行われてきた作法じゃ。引用をすることで、物事がより正しく、より深く伝わるということはいくらでもある」

「物事がより正しく、より深く……」

おいちは、露寒軒の言葉を自分の口でくり返した。

実感として分かったわけではないが、露寒軒の言うことが正しいということは素直に信じられた。

「たとえば、この『燕雀安くんぞ鴻鵠の志を知らんや』であるが……」

ようやく、おいちの知りたかったところへ、露寒軒の話が行き着いた。

「燕雀とは、燕と雀。このくらいの字はお前も知っていよう」

おいちはあいまいにうなずいた。正直なところ、「雀」の漢字は見たことがあるが、「燕」の字は知らなかった。だが、おいちが正直に告げる前に、露寒軒は先を続けた。

「『鴻鵠』とは大きな鳥のことで、燕や雀のごとき小さな鳥に対する言葉じゃ。つまり、燕や雀のような小さな鳥が、どうして大きな鳥の志を知ることがあろうか、それは土台無理なことだ――というような意味になる」

「それって、つまり、鴻鵠が露寒軒さまで、燕雀が北村季吟さまってことですか」

おいちが目を見開いて尋ねると、露寒軒はその通りだというように、機嫌をよくした。

「これはな。昔、秦《しん》という国が悪政をしいていた頃、世を正すために立ち上がった陳勝《ちんしょう》という男が述べた言葉じゃ。陳勝は世に出る前、人に雇われて働く身であったが、その時から大きな志を抱いていた。だが、陳勝の周りの小人物どもは、その志を理解するどころか、莫迦《ばか》にしおったのじゃ。その時、陳勝は嘆きながら呟いた。『燕雀安くんぞ鴻鵠の志を知らんや』とな」

「それで、陳勝はどうなったんです？」

つい露寒軒の話に引きずられて、おいちは尋ねた。

「ふむ。陳勝は己の志に従って、世を正すため挙兵するのだが、敗れてしまう。されど、陳勝の功績があったからこそ、秦の国はやがて倒されることになった。陳勝は英雄の一人であることに間違いない。まあ、陳勝の志の大きさは、このわしと同じじゃな。たとえ不遇の世にあっても、世を正すため、立ち上がらずにはおれぬ英傑、それが鴻鵠というものよ」

「……はあ」

露寒軒はすっかりご満悦といった様子で、説明を終えた。

露寒軒の語る蘊蓄《うんちく》は、いつもながら面白いのだが、露寒軒が鴻鵠はよいとして、北村季吟が燕雀というのはいかがなものであろう。

（あたしには、あの方もたいそうご立派な方に見えたけれど……）

おいちがそんなことを思っていると、玄関先に人の気配がした。

「ただ今、戻りました」

という、息せき切った声がする。

いつの間にやら昼近くなっており、大伝馬町の小津屋まで使いに出かけた幸松が帰ってきたのであった。

「おお、越前の鳥の子紙はあったか」

幸松が座敷へ入ってくるなり、待ちかねた様子で、露寒軒が尋ねた。

「はい、ございました。鳥の子紙をお申しつけの通り五枚、それに、小津屋さんの方でご用意してくださっていたお札用の薄様も持たされました。後払いでよいとのことでございますので――」

「そうかそうか」

露寒軒は幸松が風呂敷包みから取り出した紙の束を受け取ると、薄様の方はろくに見ることなく、そっくりそのまま、おいちに渡した。

「後で、書き写すべき歌は指図するゆえ、お前が色合いも決めて、お札を書くのじゃ」

「はい」

おいちが薄様を見て、そのとりどりの美しさに目を奪われている傍らでは、露寒軒が越前の鳥の子紙をためつすがめつしていた。

「なるほど、これが紙の王と呼ばれる紙か。確かに、この味わい深い色合いといい、つややかな光沢といい、王たるにふさわしい。わしがあの男に送ってやるに、これほどふさわしい紙はあるまい」

独り言のように呟いていた露寒軒は、

「これ、おいち」

と、突然、おいちを呼んだ。

「お前は、この鳥の子紙に、先ほど下書きした果たし状を清書いたせ。その上で、北村季吟の許へすぐに届けるのじゃ」

「えっ、それは昨日の駒込のお屋敷へ、お届けするということですか」

おいちが急な話に驚いて訊き返すと、

「あの男がどこにおるのかなんぞ、わしは知らん」

露寒軒は急にそっけない返事をした。

「でも、昨日、露寒軒さまは北村さまがあの屋敷にいることを、ご存じだったんですよね」

「知ったことか。駒込の屋敷の改築を、あの男が指揮しているということを思い出し、居ても立ってもいられなくなって出かけてみたら、あの男がいたというわけよ」

「……そうだったんですか。では、今日、もしもあちらにいらっしゃらなければ、ご自宅へ伺えばよろしいですか。北村さまのご自宅は、どこにあるのでしょう」

「あやつの自宅の場所なぞ、わしが知るものか」

露寒軒はぶっきらぼうに答えた。

「駒込の屋敷の者なら、あやつの自宅を知ってるかもしれん。そうでなければ、柳沢めの上屋敷を訪ね、扶にでも聞いてみよ。扶なら知っておるじゃろう」

「……分かりました」

おいちはそれ以上は何も言わず、露寒軒から鳥の子紙を受け取った。

露寒軒が満足するだけあって、手触りからして確かに見事だ。

おいちが代筆で使ってきた薄様は、鳥の子紙を薄く漉いて色をつけたものだが、この越前産の鳥の子紙は厚みがある上に、表面がたいそう滑らかで、光沢までが美しい。また、鳥の卵を思わせる薄黄色の色合いは、紙に厚みがあるだけに、薄様の同じ色のものより、ずっと温もりが感じられた。

値のはる紙に違いないのだから、書き損じるわけにはいかない。

おいちは母の形見の筆を取り出し、念入りに墨を磨り始めた。

五

おいちが果たし状を清書する間、露寒軒と幸松は邪魔をしないようにというつもりか、座敷から出ていったきり戻ってこなかった。

そのため、いつもよりも集中して取り組むことができ、おいちは一言一句、書き損じることなく、無事に清書を終えることができた。

それから、墨が乾くのを待つ間に、おいちは台所へ行って、昼食の膳を受け取り、隣の部屋で食事を終えた。

露寒軒から最後に確認をしてもらい、丈夫な杉原紙でくるんだ後、おいちは果たし状を懐に入れた。

昼過ぎからは店を開けるというので、幸松は店に残ることになり、おいちは一人で駒込の屋敷へ向かった。

（あたしなんかが、急に訪ねていって、北村さまに会わせていただけるのかしら）

おいちは甚だ不安であったが、露寒軒のあの意気込みの前では、この使いを断ることはできなかった。もしどうしても会わせてもらえなければ、柳沢家の上屋敷の方を訪ね、扶を呼び出してもらうしかないだろう。扶に仲介してもらって北村季吟に会わせてもらうか、さもなくば、扶に託してくるしかない。

そう覚悟を決めて、おいちは昨日と同様、駒込の屋敷の門前に立った。

幸いなことに、昨日立っていた門番と同じ二人組である。おいちのことを見覚えているかどうかは怪しかったが、

「あのう。私は本郷の戸田露寒軒さまのお使いで来た者ですが……」

と話しかけると、

「ああ、北村さまのお知り合いの――」

と、露寒軒のことはしっかり覚えていた上、おいちのことも思い出してくれたらしい。

さらに、

「北村さまに御用で参ったのか」

と、親切そうな口ぶりで訊いてくれた。

「はい、そうです。戸田さまからの御文を預かってまいりました。できれば、北村さまに直《じか》にお渡ししたいのですが……」

おいちが言うと、門番の一人は「少しここで待っているように」と言い置き、通用口から中へ知らせに行ってくれた。

（北村さまは、今日もこちらにいらっしゃったのだわ）

おいちはほっとした。その上、昨日のやり取りをどのように聞いたのか、門番たちは北村季吟と露寒軒を、対等の学者仲間か歌人仲間のように思っているらしい。

おいちに対する態度も、決して傲慢《ごうまん》で不遜《ふそん》なものではなかった。

ややあって、門番は一人で戻ってきた。

「北村さまはただ今、お屋敷の庭に出ておられる。戸田殿の使いの者ならば、中へ入れてもよいとおっしゃっているので、中へ入るがよい」

「ええっ！」

おいちは思わず大きな声を上げてしまった。

「だって、昨日、露寒軒さまが中へ入れてほしいっていうのを、あんなに厳しく断っていらっしゃったのに……」

「ああ、あれは……」

おいちの言葉を聞くなり、中から戻ってきた門番の男が口を開いた。

「昨日は、上屋敷から殿の名代が、見聞に参っておられたからだろう。絵図面を見せられぬのは道理だが、中へ入れるのはさして問題あるまいさ。どちらにしても、この屋敷は大幅に造り替えることになっているのだからな」

露寒軒があれほど頼んでも入れてもらえなかった屋敷の中へ、おいちがあっさり入れてもらったと聞いたら、露寒軒は何と言うだろうか。

通用口がおいちのために、開いたままになっている。

(あ、あたし。大名家のお屋敷へ入るなんて初めて――)

通用口をくぐる時は、我知らず足が震えた。

(別に、お殿さまがいるわけじゃなし……。仮にいたとしたって、柳沢家のお殿さまは……そうよ、露寒軒さまとご先祖は同じお立場だったんだから――)

怖気《おじけ》づく心を奮い立たせるため、おいちはそう自分に言い聞かせた。

露寒軒の父渡辺忠と、柳沢家の現当主保明《やすあきら》の父が、元は駿河大納言徳川忠長《ただなが》という同じ主君をいただいていたという話は、扶から聞いた。

忠長が切腹した後、二人とも蟄居《ちっきょ》の処分となったが、その後の人生が大きく分かれたことも――。

その時は「ああ、そうなのか」と思っただけだったが、この大きな屋敷の主人となると、柳沢保明が何やら巨大な人物のように思えてくる。そして、その人物と露寒軒が、入れ替わっていてもおかしくなかったという事実が、この時、改めておいちに大きな衝撃をもたらした。

（露寒軒さまが……偉大な方だってことはこれまでにも感じていたけれど……。本来なら、あたしなんかが近付ける人じゃないんじゃ——）

その人の家に住まわせてもらい、あまつさえ、時には言い争いまでする。

（あたし、すごく大それたことをしてきたんじゃないかしら）

空恐ろしい気持ちになって、おいちはいつになく神妙な顔つきで屋敷の敷地内へ入った。

先ほどの門番が、北村季吟の許まで案内してくれるらしい。中へ入ると、葉を生い茂らせた木々が何本か、植わっているのが見えた。建物らしいものは何も見えない。

何の花の香りか、甘くかぐわしい香りがしたが、おいちは緊張のあまり、辺りを見回すことはできなかった。そういうことをするのも、何かおそれ多い気がした。

足下には平らな踏み石が敷かれていて、それをたどって奥へ進めるようになっている。案内役の門番がそれを伝ってゆくのに、おいちは無言でついて行った。下ばかり見ていたので、目に入るのは灰色の踏み石ばかりである。

やがて、踏み石が途切れると、土の踏み固められた道になり、ややあって、砂利の道になった。おいちはただ黙々と歩いた。そうして、どのくらい進んだのだろうか。ずいぶんと敷地の中の方まで歩いたのではないかと思われる頃、

「戸田殿のお使いをお連れいたしました」

という門番の声に、おいちは顔を上げた。

目の前に門番の背中があり、その向こうに、見覚えのある頭巾姿の老人がいる。

北村季吟は昨日会った時よりずっと、穏和で品のある顔立ちに見えた。

「ご苦労さまでした」

季吟は門番に丁重な言葉遣いで言い、おいちに穏やかな顔を向けて、かすかにうなずいた。

門番が去っていってしまうと、おいちは改めて目の前の景色を見つめた。この時になって初めて、この屋敷の中の様子が、おいちの目に入ってきた。

季吟の背後には、広々とした光景が広がっている。

おいちが見たこともないような大きな池があった。

海も川も見慣れていたが、これほど大きな池を見たことはない。

「すご……い」

思わず、溜息と共に言葉が漏れた。

池の周りには、木々が植えられ、花を咲かせているものもある。丈の低い草花もあった。

池の上には、時刻が遅いのですでに花はしぼみかけていたが、蓮《はす》が植わっている。

おいちたちの立っている場所は、池へと続く遊歩道の入り口のようで、その道をたどって行けば、池を見ながら、その周辺の木々や花を眺めることもできるようであった。

「この景色を美しいと思いますか」

不意に、季吟の寂《さ》びたような声が、おいちに向けられた。

思わず「えっ？」と問い返すような声を発してしまったが、すぐに自分に言われたことだと気づいて、

「は、はい。もちろんです。こんなに美しいお庭は見たことがありません。あんなに大きな池も初めて見ました。空が丸ごと、池の面に映っているみたいです」

と、おいちは懸命に答えた。

もっとうまい言葉があるはずなのに――と、もどかしく思いながらも、言葉を選ぶような余裕もなかった。

「そうですか。空が丸ごと映っているようですか」

季吟は面白そうに呟いた。

「空に恋の想いを寄せた歌は、『古今和歌集』にもいくつかあります。ご存じですか」

季吟の言う『古今和歌集』という言葉に、どきりとしながら、おいちは首を急いで横に振る。

何のことやらよく分からないが、『古今伝授』というのは、露寒軒が憎んでいるものではなかったか。『古今和歌集』という言葉を出したということは、何かその『古今伝授』にまつわる話なのか。それならば、ここでのやり取りは一言一句聞き漏らすことなく、露寒軒に伝えなければならない。

おいちは気を引き締めた。

一方、季吟は何やら伸び伸びとした表情になると、目を閉じてゆっくりと口を開いた。

大空は恋しき人の形見かは　物思ふごとにながめやるらむ

季吟は朗々と、一首の歌を吟じたのである。

少し低い寂声《さびごえ》であるのに、季吟の吟詠には温かみがあった。

（えっ……？　この歌は——）

歌の意味がそのまま、おいちに理解できたわけではない。だが、歌の心は季吟の歌声に乗って、まっすぐおいちの胸を貫いてきた。

（この歌は、あたしの心——）

自分でもどうしてそう思うのか分からなかったが、おいちはそう思った。

もしも自分に歌を詠む才があったならば、自分はこの歌を作った——そう思えるくらい、この歌は自分の心の一部だという気がした。

頰が熱くなった。はっと手をやると、頰を涙が伝っていた。

おいちは慌てて手の甲で涙をぬぐった。

季吟は何も気づかぬふうを装い、言葉を継いだ。

「これは、酒井人真《さかいのひとざね》という作者の歌です。この作者は『古今和歌集』の中で、この一首しか歌が伝わっていません。しかし、この歌は名作です。私は空を詠んだ歌の中で、この歌が一番優れていると思っている」

――大空は恋しいあの人の形見なのだろうか。だから、私は物思いをするたびに、空をぼんやりと眺めてしまうのだろうか。

自然の景物に、恋しい人を重ね合わせる。おいちにとって、それは梨の木だった。だが、梨の木の向こうに、おいちはいつも空を見てきた。梨の花咲く春の空、実をつける秋の抜けるような青空、冬枯れの木を浮かび上がらせる寂しい夕空――。

だからこそ、この歌がこれほど心に沁《し》みるのかもしれない。

(もっと、恋の歌を知りたい)

おいちはそう思った。

これまでも、露寒軒のお札を書く仕事で、恋の歌を書き写してきたが、それだけではなく、もっと本質的な歌の心というものを知りたい。そして、自分でも歌を作りたい。

(いつか、颯太に恋の歌を贈るために――)

これまで何度もその望みを胸に描いてはきた。だが、これほど強い思いを抱いたことはかつてなかった。

(あたしは歌を作らなくちゃいけない。歌わなくちゃ、今のあたしのこの想いはどこにも行き場がなくなってしまう)

おいちが胸を熱くしながら、そう思った時、

「あの大池には――」

と、季吟が語り出した。

「夕方には茜色《あかねいろ》の雲が、夜になれば明るい清《さや》かな月や星が浮かびます。あなたの言うように、あの大池は空を丸ごと映すというわけです。しかし、私はそれだけでは物足りないと思っています」

「物足りない……ですか？」

おいちには季吟の意図が分からなかった。どこが物足りないのだろう。今でも十分すぎるほど、そう、まるで極楽を見ているかのように美しい景色だと思えるのに――。

「あなたはこの景色を一目見て美しいと言った。だが、涙を流すまでの感動はしなかった。涙を流したのは、一首の歌を耳にしたからです。違いますか」

穏やかな口ぶりながら、季吟から問いただすような物言いで訊かれ、

「……おっしゃる通りです」

と、おいちは答えた。

確かにそうだ。あの歌を聞かなければ、ここまで深く感動はしなかった。この空も、あの大池も、この屋敷を出てしまえば、数日後には忘れてしまったかもしれない。

だが、あの歌と共に刻み込まれたこの景色は、何ヶ月でも、あるいは何年でも、おいちの胸の中に生き残り続けるだろう。

「私は、今、あなたの胸に呼び起こしたような感動を、この庭園に与えたいのです」

「この庭園に来る人ごとに、歌を口ずさまれるのですか」

おいちが目を丸くして問うと、季吟はからからと笑い声を立てた。

「それは、無理というものです。そもそも、この屋敷は私のものではないのですから、私がずっとここに居座るわけにはいかない。しかし、この庭に和歌の心を映し出すことはできる。そして、見る人がその心に気づけば、人はそれぞれ、自分の胸の内にある歌を口ずさむことでしょう。あるいは、その時、即興の歌を自分で作る人もいるかもしれない。古い時代の名歌を思い出す人もいる。そして、誰もが皆、最も美しい景色を、最も好きな歌と共に胸に刻み込むのです。そういう庭園を私は造りたい。そう思っています」

「そんな庭園が……造れるの……ですか」

おいちが半ば茫然《ぼうぜん》とした思いで問うと、季吟はにっこりと笑ってみせた。

「さあ、まだ分かりません」

と、どこまでも正直に答える。

「しかし、私の心にこの志がある以上、たとえ何年かかろうとも、私はそれを為そうと試みるでしょう」

季吟がそう言った時、おいちの心にふとよみがえった言葉があった。

――燕雀安くんぞ鴻鵠の志を知らんや。

露寒軒は、季吟を燕雀と決めつけていたが、この人はまぎれもなく鴻鵠ではないのか。

無論、露寒軒も鴻鵠である。互いに、鴻鵠であればこそ、鴻鵠の志が分からぬはずはないというのに……。

「あのう、今のお話、露寒軒さまにお伝えせよというおつもりで、あたし、いいえ、私にお聞かせになったのですか」

念のため、おいちはそう尋ねてみた。

季吟は微笑むだけで何とも答えなかった。それは、おいちなどが伝えずとも、露寒軒は分かっているというようにも読み取れたし、あるいはまったく逆で、どう伝えようとも、露寒軒に季吟の気持ちは伝わらないと、はなから諦めているようにも見えた。

（たぶん、お二人はまったく別の世界を見ている鴻鵠同士なんだ……）

だから、相手の偉大さも志も理解できるが、それを理解したと言うわけにはいかない。そういうことではないのだろうか。

「ところで、戸田殿のお使いで来たということでしたが……」

季吟から言われ、「あっ」とおいちは声を上げた。文を――いや、果たし状を渡す使いとして来たことを、すっかり忘れていた。

おいちは慌てて懐から、露寒軒の果たし状を取り出し、季吟の前に差し出した。季吟は黙ってそれを受け取った。

今、この場で読むことになったら、たいそうきまりの悪いことになると思ったが、季吟はそれを開こうとはせず、そのまま懐にしまい込んだだけであった。

「昨日、最後に私を呼びに来た者は、湖春という私の息子なのですが……」

不意に、季吟はそれまでとまったく関わりのないことを言い出した。

「はい、よく覚えております」

今日は見当たらないが、季吟と同じように頭巾をかぶった学者風の穏やかな風貌の男であった。

「湖春が現れてからずっと、戸田殿は湖春のことばかり見つめておられた……」

ぽつりと呟くように、季吟は言った。

「そうでしたでしょうか」

おいちはそこまでしっかりと、露寒軒の様子を見ていなかった。

「浅草の待乳山《まっちやま》という場所を知っていますか」

季吟の話はころころ変わる。何を言わんとしているのか、理解するのが大変で、おいちは混乱しながら首を横に振った。

江戸でよく知るのは本郷と、せいぜい小津屋のある日本橋大伝馬町の辺りだけだ。

「ならば、一度出かけて御覧なさい」

季吟はゆったりとした口ぶりで、おいちにそう勧めた。

「そこに、何かがあるのですか」

おいちが尋ねても、季吟は答えなかった。

「行けば分かりますよ」

そう言った後で、少し迷うように沈黙したものの、

「あの辺りには、浅草寺をはじめ寺が多い。東陽寺《とうようじ》という寺へも立ち寄ってみるとよいで

しょう」

と、季吟は続けた。東陽寺に何があるのかも教えるつもりはないらしい。

「……分かりました」

おいちはそう答えた後、わざわざ会ってくれたことの礼を述べると、季吟と別れて来た道を戻った。

帰りは一人だったが、ただ道をたどって戻ればいいだけなので迷うことはない。通用口まで来て、中から戸を叩くと、外にいる門番が戸を開けてくれた。

「お世話になりました」

門番たちに頭を下げ、おいちは駒込の屋敷から本郷への帰路に就いた。

(浅草の待乳山、一体、何があるんだろう)

おいちは帰り道もずっと、季吟の言葉が気になってならなかった。

六

その日、夕食が終わってから、江戸っ子のおさめに尋ねてみると、

「そりゃあ、待乳山っていったら、お米饅頭《よねまんじゅう》だろ」

おさめはあっさり答えた。

「お米饅頭――？」

おいちは初めて聞く言葉だったが、

「あっ、それなら、おいらも知ってる」

と、近くで話を聞いていた幸松も言った。が、それに続けて、

「でも、おいら、食べたことない……」

と、悲しそうに呟く。

「そうかい。じゃあ、今度買ってきてあげようね」

おさめは優しく言ってから、おいちにお米饅頭について説明し始めた。

「浅草の聖天宮《しょうてんぐう》前の茶屋で、十年前、いや、もっと前からだったかな、饅頭を売り出したんだ。米粉を使って作った饅頭でさ。中には小豆の餡《あん》が入ってて、作り立ての熱々《あつあつ》はそりゃあ美味《おい》しいんだよ。そこの茶屋では、作り立てのものを食べさせてくれるし、持ち帰りもさせてもらえる。鶴屋《つるや》のお米っていう娘が考えて作り出したもんだって言われてたけど、もうそのお米ちゃんはいないよ。今は、鶴屋だけじゃなく、その近くの茶屋がこぞって、お米饅頭を作って売ってるしね」

「お米饅頭の他に、待乳山で有名なものはないんですか」

おさめの長々とした説明が終わるのを、辛抱強く待ってから、おいちは念のために尋ねた。

「お米饅頭の他に……？」

おさめは意外そうな顔をする。

「そりゃあ、待乳山っていやあ、聖天宮さんだけど、それは取り立てて言うようなことで

もないだろうしねえ」

だが、あの北村季吟がお米饅頭を勧めるために、待乳山へ行くように言ったとは、おいちにはどうしても思えなかった。

「それじゃあ、東陽寺っていうお寺は知ってますか」

その問いに、おさめは露骨に首をかしげた。

「あの辺りは、浅草寺さんや東本願寺さんの大寺をはじめ、小さなお寺が建ち並んでいるんだよ。一つ一つのお寺の名前までは憶《おぼ》えちゃいないね」

「あのう、おさめさん。あたし、待乳山へ行ってみたいんです。連れていっていただけませんか」

おいちが切り出すと、おさめは大きくうなずいた。

「ああ、いいよ。あたしは近江屋にいた頃、浅草に住んでたからさ。待乳山には、仙太郎を連れてよく行ったもんさ。近江屋を出てからは、一度も行ってないけどね」

おさめは明るく切り返したが、近江屋と仙太郎のことを口にする時だけは、その表情に複雑な翳《かげ》りが浮かんだ。

おさめは離縁されて、嫁ぎ先の近江屋を出た身である。仙太郎はおさめの産んだ息子で、近江屋の跡継ぎとされていた。今では、仙太郎との再会も叶《かな》い、仙太郎が時折、本郷までやって来ては、一緒に過ごすこともできるようになったが、おさめが近江屋へ仙太郎を訪ねてゆくことはできない。

「あっ、おさめさん。もし、浅草の方へ行くのに不都合なことがあるのなら……」

おさめの境遇のことに思い至り、おいちが遠慮がちに切り出すと、おさめは大袈裟に首を横に振った。

「そんなことはないよ。あたしが近江屋を出たのは、もうずいぶん昔だし、あたしもしばらくぶりに、お米饅頭が食べたくなっちまったからさ」

おさめはあくまでも明るく言う。それを聞くと、

「お二人で行くんですか」

幸松が寂しげな口ぶりで尋ねた。

「幸松も行きたいなら、いっそ、露寒軒さまも誘って皆で行きましょうよ。この前、木母《もくぼ》寺《じ》に行った時みたいに――。あの時は、悪者をやっつけることに気を取られていて、皆で外歩きを楽しむっていうふうでもなかったし。今度こそ、行楽っていうことで――」

おいちが提案すると、それはいいと、おさめが即座に賛成した。幸松も飛び切りの笑顔を浮かべている。

「じゃあ、後は露寒軒さまだけれど、たぶん、駄目だとはおっしゃらないと思うわ」

露寒軒は毎日ではないが、午後のひと時を散歩に当てることもあったし、その時刻も特に決まってはいなかった。何かあれば、店を閉めることもしょっちゅうあったし、きっと許してくれると、誰もが思っていた。

「もう花見って季節でもないけど、それじゃあ、その日はお弁当を作って、うんと羽根を

伸ばそうかね」

　おさめが嬉しげに言い、

「おいら、手伝います！」

　と、幸松が弾んだ声で言った。


　ところが、その翌日の朝、この計画を打ち明けてみると、露寒軒は意外にも不機嫌そうな顔になった。といって、行くなというのではなく、

「いつでも、勝手に行ってくるがいい」

　と、言うのである。

「露寒軒さまもご一緒してくださるとよろしいですのに……」

　おさめが言うと、露寒軒はじろりと目を剝《む》いておさめを見た。

「何ゆえ、わしが行くとよいのじゃ」

「何って、大勢の方が楽しいですし、おいちさんや幸松も喜ぶでしょうし……」

「ふん、わしは子守ではないぞ」

　露寒軒は憎々しげに言い捨てた。

「いえ、露寒軒さまはお強いですから、何かあった時に露寒軒さまがいてくだされば、心強いなと思うんです」

　おさめに代わって、おいちが口添えしたが、

「このわしに、お前たちの用心棒をやれと言うのか」

今度は、おいちが睨《にら》みつけられた。

「いえ、そのようなつもりでは……」

おいちが目を伏せると、最後に幸松が進み出る。

「旦那さまがいてくださると、土地のさまざまな謂《いわ》れや言い伝えなどを教えていただけるから、おいち姉さんみたいに江戸をよく知らない人には、とてもためになると思うんです」

「このわしに、田舎者のための土地案内をせよ、じゃと――？」

最後に、幸松が睨みつけられ、ついに誰も露寒軒を説得することは叶わなかった。

「店の方は休みにするゆえ、お前たちで勝手に行け。何なら、今日の昼過ぎでもよいぞ」

不機嫌そうに言われ、今さら、行くのをやめると言うこともできず、おいちとおさめ、幸松の三人はそれならば今日行こうと、急いで仕度にかかった。

おさめは露寒軒の昼食を調《ととの》え、三人分の握り飯と水筒を用意する。幸松はそれを手伝った。

おいちは昼までは、露寒軒の傍らで店の客案内とお札書きをして過ごした。

そして、九つ（十二時頃）になる前に、いったん客がひけたのを機に、店を閉めると、

「それでは、行ってまいります」

露寒軒に挨拶して、おいちたちは家を出た。最後に、露寒軒が意を翻すこともあるかも

しれないと、三人は期待したが、

「……ふむ」

露寒軒は書物から目を上げずに言うだけだった。

おさめの案内で、三人は本郷から南東の方へ向かって歩いた。

「少し遅くなっちゃうけど、握り飯は待乳山で食べよう」

というおさめの言葉に従い、三人はとにかく浅草を目指した。

「聖天宮っていうのは、浅草寺の子院でね。正しくは待乳山本龍院《ほんりゅういん》っていうんだ。その丘の上からは、西に富士山、東に筑波山が見えるっていうんだけど、あたしは登ってみたことはない。ただ、冬ならともかく、今の季節じゃ難しいかもしれないね」

道中、おさめの説明を聞きながら、三人は歩き続けた。気分が高揚しているので、足取りは軽い。

「でも、丘があるなら、そこで食事を摂るのがいいんじゃないかしら」

おいちが提案すると、幸松も嬉しげにうなずく。

「それじゃあ、そうしようかね」

おさめも承知した。

「せっかくだから、浅草寺さんにもお参りしよう。まずは食事して、それから聖天宮さんにお参りして、浅草寺さんにも行ってさ。浅草寺さんの門前は店が建ち並んで長いから、いろいろ見て回って、喉が渇いた頃に、また待乳山に戻って茶屋に入って、お米饅頭を食べるとしようかね。露寒軒さまの分もちゃんと買って帰らなくちゃね」

「あっ、それから、あたし、東陽寺っていうお寺にも行ってみたいんです」

おいちは忘れないように言い添えた。

「ああ、そうだったね。浅草寺さんの北西側にはお寺が建ち並んでいるからさ。その辺りで、人に聞いてみよう」

おさめはそのことも快く承知してくれた。

やがて、三人は待乳山に到着した。

「これが、山……？」

おいちが思わず呟いてしまうくらい、それは山という名を持つ小さな丘に過ぎなかった。西の富士山は見えず、東の筑波山も雲がかかって見えはしない。それでも、丘の上は、風が吹き抜けて涼しく、初夏の季節は特に気持ちがよかった。

ちょうど中くらいの桜の木があったので、その木陰で食事を摂ることにする。おさめが敷物を取り出して広げかけると、

「おさめさん、おいち姉さん、この碑を見てくださいっ！」

突然、幸松が大きな声を出した。

丘の上に建てられた石碑を指さしている。幸松があまりに驚いているので、おさめとおいちも手を止めて、石碑に近付いた。

「これ、旦那さまのお歌ですよ」

「ええっ！」

おいちとおさめは石碑に見入った。


あはれとは夕越《こえ》てゆく人もみよ　まつちの山に残すことの葉

和歌が彫られており、作者の名は「戸田茂睡《もすい》入道《にゅうどう》恭光《やすみつ》」とある。

「これ、露寒軒さまのことなのよね」

おいちは声を震わせた。

おさめと幸松が無言でうなずく。

「嫌だね、あたしったら、待乳山には何度も来てたのにさ。露寒軒さまの歌碑に気づいてなかったなんて。もっとも、あたしが前にここに来た時にゃ、露寒軒さまのこと知らなかったんだけどさ」

三人は誰からともなく、歌碑を前に手を合わせていた。

それから、賑やかに握り飯を食べ、もう一度歌碑を拝んでから、予定通り、聖天宮、浅草寺と回り、それから、東陽寺を人づてに聞いて目指した。

（もしかして、東陽寺にも――）

おいちはひそかに思いめぐらしていたが、そこにもやはり、露寒軒にまつわるものがあった。

待乳山と同じく歌碑であった。

風の音苔《こけ》の雫《しずく》も天地《あめつち》の　絶えぬ御法《みのり》の手向《たむ》けにはして

東陽寺の庭にひっそりと置かれた歌碑には、そう記されていた。

「これ、どういう意味なのかしら――」

誰かの手向けのために詠まれた歌ということは分かる。だが、これだけでは、露寒軒が誰のために作った歌なのか分からない。おいちはその意味を知りたいと強く思った。

三人がそうして佇《たたず》んでいると、寺の小僧が寄ってきて挨拶した。

「この歌の由来をお知りになりたいのですか」

おいちたちが何も尋ねないうちに、まだおいちと同じくらいの年齢と思われる小僧は訊いてきた。ここへ寄って、それを知りたがる人が多いのだという。

「この歌は、昔、この近くに住んでおられた戸田茂睡さまという歌人が作られたものです。伊右衛門《いえもん》というご子息がおられたのですが、わずか十八歳でお亡くなりになり、その時に詠まれたお歌と伝えられています。風の音も苔の上の露の雫もすべて、絶えることのない我が子の手向けだと思われる――というような意味でございます」

小僧はそれだけ言うと、おいちたちに対しては何の問いも投げかけず、そのまま慎ましく去っていった。

「露寒軒さまの……ご子息――」

おいちは茫然としたように呟いた。

「そういえば……。木母寺でも、露寒軒さまは言ってたよね。ご子息を亡くされたって。とても心の優しいご子息だったって――」

おさめは涙混じりの声になっていた。

「あたしは……そんな露寒軒さまのお気持ちにまったく頓着しないで、自分が息子と会えるようになったって、喜んでたんだ。露寒軒さまはもう二度と、ご子息にお会いすることができないってのに――」

「おさめさんが自分を責めることはないわ。それに、露寒軒さまはご自分がそういう境遇だったからこそ、あの時、おさめさんが仙太郎さんとの縁を取り戻すのに、力を貸してくださったのよ」

「それにしたって、あの時、そのことを話してくださってもよかったのに……」

「露寒軒さまは、そういうことをなさる人じゃないと思う。今日だって、あたしたちが待乳山へ行くって言ったから、一緒に行くのを断られたのよ。別の場所だったら、一緒に来てくださったかもしれない」

おいちの言葉に、おさめも幸松も無言でうなずいていた。

そういう人なのだと思う。何だかんだと憎まれ口を叩きつつ、露寒軒はおいちのことも、おさめのことも、幸松のことも救ってくれた。

だが、その一方で、自分の抱えている心の闇を明かしてはくれなかった。

（そのことに、あの北村季吟さまだけが気づかれたんだ……）

季吟は、自分の息子に向けられた露寒軒の眼差しで、それに気づいた。

十八歳で亡くなったという露寒軒の息子は、生きていれば、季吟の息子と同じくらいになっていたのかもしれない。

こうして寺に歌碑があるくらいだから、露寒軒の息子が亡くなったことは、昔の露寒軒を知る人ならば周知の事実だったのだろう。だから、季吟は露寒軒の思いに気づき、それをおいちにそれとなく知らせてくれた。

（何のために？　あたしに、露寒軒さまのお心を救え、と――？）

おいちはそのことに気づき、愕然となった。

そんなことができるとは思えない。だが、自分は救ってもらっておきながら、その恩人の心の闇に目を瞑《つむ》ってよいはずがなかった。

――お前は人が口にしない胸の内を、汲《く》み取る力があるようじゃ。

かつて、露寒軒はおいちに向かってそう言った。

（あんなふうに言われていながら、あたしはこれまで、ただの一度も、露寒軒さまのお心の内を見ようとしてこなかった）

おいちは己の無力さを噛《か》み締めながら、露寒軒の歌碑の前に立ち尽くしていた。

三人はしばらくそこに佇んだ後、待乳山の歌碑にしたのと同じように、いや、先ほどよりも心をこめて歌碑に手を合わせた。

それから、待乳山へ戻り、茶屋でお米饅頭を買い求めると、そこの茶屋で食べることはせず、そのまま帰路に就いた。

「何じゃ。せっかく待乳山まで行って、そこで饅頭を食べてこなかったじゃと！」

三人の話を聞いて、露寒軒があきれたような顔をした。

「ちょっとお昼が遅かったので、お腹がいっぱいで——。でも、だからこうして、露寒軒さまとご一緒に食べられるんじゃありませんか」

お米饅頭は冷めてしまっていたが、おさめが鍋で蒸してくれたので、饅頭は再び作り立てのように湯気を立てている。

おさめの淹《い》れた茶を飲みながら、四人はそろってお米饅頭を食べた。

露寒軒は待乳山のことは何も訊こうとせず、不機嫌そうに饅頭を口に運んでいる。おいちたちも何も言わなかった。

塩味の利いた饅頭の中の小豆は、少し涙の味がすると、おいちは思った。

第四話　天狗の投げ文

一

　間もなく、江戸は梅雨を迎えた。毎日のように、雨が降ったりやんだりをくり返し、空はどんよりと灰色の雲に覆われている。

（空は恋しい人の形見だという歌を、北村季吟さまは教えてくださったけれど……）

　おいちは二階の窓から、空を眺めながら、あの歌を思い出す。

「大空は恋しき人の形見かは……」

　だが、雲で覆われたその奥にある空が見えない今、気分はどことなく沈んでしまう。

　しかし、露寒軒宅の梨の木は、雨から力をもらっているのか、それほど気持ちよく晴れる日がないというのに、緑葉の色艶《いろつや》はよく、勢いも感じられた。

「この梨の木は、秋に実がなるんですか」

　露寒軒やおさめに訊《き》いてみると、毎年、きちんと実をつけるということであった。だが、昨年まではとても露寒軒とおさめで食べ切れる分量ではなかったので、近所の人や歌占《うたうら》の客に配り、さらに余ったものは、引き取らせてほしいという駒込の菓子屋に分けてやっているのだという。

「菓子が出来上がると、小僧さんが持ってきてくれるんだけどさ」

おさめが頬を緩め、楽しげに教えてくれた。

「あれは、羊羹《ようかん》なのかねえ。梨を使ったお菓子でさ。その季節しか食べられないっていうんで、店でもけっこうよく売れるんだって。あれは絶品だから、楽しみにしてるといいよ」

「それじゃあ、今年は仙太郎さんにも食べさせてあげないといけませんね」

おいちが言うと、おさめは「それはあたしが自分で買うからいいんだよ」と慌てて言った。

梨で作った羊羹があるというのは、驚きだった。いや、そもそもふつうの羊羹も、おいちは口にしたことは少ない。

真間村の祖父角左衛門の許《もと》には、貰《もら》い物として羊羹が届けられることがあったが、それはお菊の口には入っても、おいちのところには回ってこなかった。それでも、祖母がこっそり土蔵に届けてくれて、ほんの一切れずつ、母と分け合って食べたことが数回あったくらいだ。

(梨の羊羹なんてものがあるなら、颯太と一緒に食べたい――)

ごく自然にそう思ったが、果たして今年の秋までに、颯太を見つけることができるだろうか。

梨の実のことを思うと、いつも「これ、やるよ」と言って、梨の実を差し出してきた颯太の顔を思い浮かべてしまう。出会ってから毎年、颯太は必ず梨の実を贈り続けてくれた。

それが、途絶えてしまったのが、去年のこと――。

(颯太が行方知れずになってから、もう一年が過ぎちゃったんだ……)

改めてそう思うと、その歳月はとてつもなく長いような気がしたし、逆に颯太が消えたのはついこの間のことのような気もした。

どことなく、気分がどんよりと沈んでしまうのも、梅雨の季節のせいだろうか。

だが、長雨と長雨の間に、ほんの少し雲の晴れる合間もある。雨がきれいに上がった日の朝などに、

「ああ、今日は洗いものがよく乾きそうだねえ」

空に手をかざしながら言うおさめの明るい声を聞くと、おいちの気分もその日の空のように晴れてゆくのだった。

(颯太も母さんもいないけれど、今のあたしは一人じゃない)

露寒軒、おさめ、幸松――誰一人血のつながった身内ではないが、身内と呼んでよいほどの絆《きずな》がある。そう思うと、梅雨の合間の青空は、自分を支え励ましてくれる同居人たちの心の鏡のような気もしてくる。それは、恋しい人の形見として見上げる切ない空の景色とは、また違う空の装いであった。

そんなよく晴れたある日のこと、露寒軒宅に一人の客人が現れた。

「だ、旦那さまっ！　た、大変ですーっ！」

客を出迎えに玄関へ出ていった幸松が、慌てふためいて座敷の方へ戻ってきた。

「何があった？」

年齢よりもずっと大人びて賢い幸松の、いつもと違った態度に、露寒軒が目を剝《む》いている。おいちも呆気《あっけ》に取られて、書いていたお札書きの手を止め、幸松に目を向けた。

「一体、誰が来たっていうの？」

おいちが尋ねると、幸松はいったん廊下に目をやってから、少し身を座敷の奥に乗り出すようにすると、

「北村……季吟さまです！」

と、声を小さくして答えた。どうやら、季吟のことはまだ玄関口に待たせているらしい。

「何じゃと！」

露寒軒は北村季吟の名を聞くなり、早くも立ち上がっていた。

「ろ、露寒軒さま。何を――」

おいちは中腰になり、思わず手を伸ばして露寒軒の袖をつかんでしまった。

幸松も座敷の戸口をふさぐようにして立ち、そこから動こうとしない。

露寒軒はおいちと幸松をじろりと睨《にら》みつけた。

「お前たち、何をしておる」

「だ、だって、露寒軒さま。一体、北村さまに何をなさるおつもりですか」

おいちが袖を放さずに言うと、

「ただ出迎えに行くだけじゃ！」

露寒軒が苛立《いらだ》った口調で言い返した。

「でも、これまでお客を出迎えに行かれたことなんてないのに……」

「それは歌占の客じゃ。北村季吟は歌占の客ではなかろう。先だって、わしが送った果たし状の返答を持ってまいったはずじゃ。ゆえに、出迎えるのが礼儀というものであろう」

露寒軒はおいちの手を振り切って言った。それから、幸松に対して、

「そこを退《の》かぬか。廊下へ出られぬであろう」

と言い、おずおずと脇へ退いた幸松の横をすり抜け、廊下へ出てゆこうとする。

（あたしも行かなきゃ！）

露寒軒と季吟を二人だけで会わせてはならない。おいちも慌てて立ち上がった。だが、おいちが露寒軒に続いて、戸口を出るより早く、

「いや、勝手に上がり込んで失礼いたした」

と、廊下の方から、季吟の伸びやかな声が聞こえてきた。

戸口から廊下をのぞけば、露寒軒の大きな体に遮られて見えないが、季吟がすでにその目の前まで来ているらしい。

「どうもお声が大きくて、あちらまで聞こえてしまいましたのでな。どうやら誤解をなさっておられるようなので、それを正さねばと気持ちがはやり、つい上がり込んでしもうた

次第――」

季吟だけが一方的にしゃべり、露寒軒は無言である。

「露寒軒さまっ！」

おいちは廊下に飛び出した。

「ひとまず、北村さまをこちらへお通しし、ゆっくりお話をお聞きになられてはいかがでしょう」

「そ、そうですよ。おいら、おさめさんに知らせてきます」

幸松も言い、廊下を玄関と反対側に向かって走り出していった。歌占の客相手に、通常、茶は出さないが、北村季吟はそうではない。

「ふんっ！」

露寒軒は何とも言わず、くるりと踵《きびす》を返すと、おいちの脇をすり抜けて座敷に戻った。

「北村さま、どうぞこちらへ――」

この日は晴れているので、かなり暑いはずだが、季吟は麻の羽織をきちんと着て涼しげな様子で、廊下に佇《たたず》んでいる。いつも被っている宗匠頭巾はすでに外しており、頭は露寒軒同様、きれいに剃《そ》り上げられていた。

「また、お会いしましたな」

季吟はおいちに微笑を浮かべて言うと、座敷に向かって歩き出した。季吟に言われた通り、浅草の待乳山と東陽寺へ行ったということを伝えたかったが、露寒軒の耳に入ることを思うと話しにくい。

おいちは黙って、季吟を座敷へ案内し、自分も元の席に戻った。

それから間もなく、おさめと幸松が二人分の茶と茶菓子を用意して現れた。茶菓子は日《ひ》保《も》ちのする落雁《らくがん》である。

おさめは季吟と露寒軒の前に、茶を置くと下がっていったが、幸松は菓子を置くと、そのままいつものようにおいちの傍らに座り込んだ。

露寒軒と季吟の間に何かが起こった時、おいちと二人、身を挺《てい》してそれを止めなければならないと思っているのだろう。その幸松の気持ちが伝わってきて、おいちは幸松と目を見交わすと、しっかりとうなずき合った。

「これは、かたじけない」

季吟は優雅に茶を一口すすった。

「して、何用で参られたのじゃ。わしの果たし状は読んだのであろう」

露寒軒が不機嫌そうな口ぶりで問うた。

「ええ、もちろん読ませていただきました。しかし、果たし状と銘打ってはありますが、特に返事の要《い》るものではないと考え、ご返事は用意してございません」

季吟は穏やかな口ぶりだが、明快に答えた。

「では、何用で参ったのじゃ」

露寒軒の苛々《いらいら》した様子が、その声から伝わってくる。

「それは、こちらの――」

季吟はその時、膝の向きをほんの少しおいちの方にずらし、おいちに目をしっかりと当てて切り出した。

「お嬢さんを半月ほど、お貸しいただきたいと思いましてな」

「ええっ！　あたし――？」

と、おいちが声を上げるのと同時に、

「何、おいちをじゃと――？」

露寒軒が意外そうな声を発した。

「その前に確かめたいのですが、先の果たし状は明らかに女文字でした。あれは、おいちさんとおっしゃるのですな、このお嬢さんが書いたものでしたか」

季吟は露寒軒に目を戻して問うた。

「さよう。この者はここで代筆屋を営んでおる」

「やはりそうでしたか。表に『代筆』と貼り紙があったので、そうではないかと思ったのですが……」

季吟は納得した様子でうなずくと、再びおいちに目を向けた。

「私は、おいちさんに代筆の依頼で参ったのです。無論、戸田殿のお許しは必要でしょうが、ひとつ、あるお方の日記の清書をお引き受けいただけないだろうか」

季吟はそう言うと、何の話なのかさっぱり事情をつかめないでいるおいちに向かって、にこやかに微笑《ほほえ》んでみせた。

二

それから三日後、おいちは小津屋の美雪から譲ってもらった麻の小袖を着て、常盤橋《ときわばし》内にある武家屋敷の通用口をくぐっていた。小袖は薄紅色の地に、艶《あで》やかな白牡丹《しろぼたん》が裾にあしらわれた派手なものだ。それに、やはり美雪からもらった紅色の帯を締めている。

その姿を初めて鏡で見た時は、

「これが、あたし――？」

おいちの口からは、とても信じられないといった呟《つぶや》きしか漏れなかった。着たこともない美しい小袖を着て、大名の屋敷へ入る自分の姿など、どうして想像することができるだろうか。

だが、おいちは確かに、常盤橋内にある川越藩主柳沢家の屋敷に、足を踏み入れる羽目になったのだった。

あの日、露寒軒宅に突然やって来た北村季吟は言った。

「実は、私を江戸へ招いてくださった大恩ある柳沢さまのお屋敷で、奥女中が一人、辞めましてな。その女中はこれまで、柳沢さまのご側室のご祐筆《ゆうひつ》をなさっていたのです。代わりの者はもう決まっているのですが、その者は来月からお屋敷へ出ることになりました。それゆえ、ここ半月の間だけ、ご側室にお仕えするご祐筆を求めているのです」

「何と、このおいちをそのご祐筆にということか」

露寒軒が目を剝いて尋ねた。

「この者の知識と教養のなさで、武家の奥方の祐筆が務まるとは思えん」

「ですから、ご祐筆の仕事をしていただくわけではありません。あくまでも代筆です」

季吟は穏やかな口ぶりながら、きっぱりと言った。おいちには、祐筆と代筆の区別もつかない。ただ、黙っていると、

「その側室とやら、町方の女子《おなご》なのか」

露寒軒が尋ねた。屋敷に女中奉公した町方の娘が、大名のお目に留まって側室に召されることがある。そのような女であれば、教養もないから、おいちでも務まるかもしれないと思ったのだろう。だが、

「いえいえ、とんでもない」

季吟は大袈裟《おおげさ》に首を横に振った。

「柳沢さまの奥方は、ご正室をはじめ、皆さま、公家や武家のご出身です。それに、おいちさんがお仕えするお方は、中でもご身分の高い公家の姫君でいらっしゃいます」

「何、公家じゃと。いずれの姫じゃ」

露寒軒は驚きを隠さずに訊いた。

「権大納言《ごんのだいなごん》正親町実豊卿《おおぎまちさねとよきよう》の姫君で、町子《まちこ》さまと仰せられます」

「何と、権大納言の姫じゃと！　ようも、さように高貴な姫君が、柳沢家の側室なぞにな

ったものじゃ」

露寒軒は遠慮のない口ぶりで言う。

「これはまあ、上さまのお声がかりであったためでしょう。本来ならば、ご正室となるべきお方でございますが、柳沢さまにはすでにご立派なご正室がおられましたゆえ」

「ふんっ！　まったく分不相応な栄華を味わっておるようじゃな」

柳沢家当主である保明に対する悪口であったが、季吟はその部分は聞き流すことにしたようだ。

「その栄華でございますが……」

露寒軒の口にした栄華という言葉だけを取り上げると、

「戸田殿におかれては、ご存じでございましょうが、かつて御堂関白《みどうかんぱく》（藤原道長）にお仕えした赤染衛門《あかぞめえもん》の君は、『栄華物語』をお書きになった。それにちなんで、ご側室の正親町さまは柳沢さまの栄華を、お書きになろうとお考えでいらっしゃるのです」

と、季吟は滑らかな口ぶりで続けた。

「何、柳沢めの栄華を綴《つづ》る、じゃと――」

思わず露寒軒は口走ったが、季吟は聞かぬふりを決め込んでいる。

「それゆえ、正親町さまにお仕えする女中の中で、字のきれいな者は、今ではその仕事のほとんどを筆記に費やしております。つまり、正親町さまがお書きになったものを清書し、さらに写しを作ってゆくのですな。その際、不肖、この季吟めも目を通させていただき、ご意見を申し上げることもございます。無論、柳沢の殿さまもお目を通されます。その上で、また正親町さまが書き直される。そのくり返しですゆえ、筆記役は多いに越したことはないわけです。正親町さまのご祐筆とはその指図役のようなものですが、無論、おいちさんはただ写すお仕事だけをしてくれればよいのです。字の美しさはすでに私の目で確かめましたゆえ、心配することはありません」

季吟は淀《よど》みなく語り終えると、おいちの意を問うような目を向けた。

「でも、あたし、大名屋敷はおろか、お武家さまのお宅なんて、あの駒込のお屋敷のお庭へ入れていただいた一度きりで……」

おいちはおろおろと言い、救いを求めるように露寒軒の方を見た。しかし、露寒軒は何やら難しい顔をして腕組みをしており、おいちの方を見ようともしない。

「そう大袈裟に考えることはありません。おそらく、お殿さまは無論、正親町さまと顔を合わせることもあるかどうか。何といっても半月ほどのことでございますし、お仕事は要するに代筆です。ただ、お屋敷で目にした草稿もしくはその写しを、外へ持ち出してはなりません。また、お屋敷で見聞きしたことを外へ漏らさぬのは、女中として当たり前のこと。ただ、その二つだけ守るとお約束していただければよいのです」

「そんなことはしませんけれど……」

おいちがなおも不安を隠せぬまま呟《つぶや》くと、それを待ちかねていたかのように、

「よろしい」

いきなり、露寒軒が大声を出した。

「このおいちを、柳沢家の屋敷へ半月ほど貸し出してやろう」

「ちょ、ちょっと、露寒軒さま。あたしには、ここでの代筆屋の仕事だって――」

露寒軒が突然口にした決定に驚いて、おいちは抗議しようとしたが、

「代筆屋の客など、お妙という娘以来、一人も来ていないではないか。引き札を配るまでは誰も来ぬゆえ、気にするには及ぶまい」

露寒軒はおいちに最後まで言わせず、断ずるように言った。

「大体、客を取れぬ今のお前に、この依頼を断る理由などあるまい」

続けてそう言われると、確かに言い返せない。お妙の依頼のあったのが三月末、それからひと月以上、この季吟が来る今日まで客はなかった。

この仕事を引き受ければ、相応の代金を払ってもらえるだろうし、何よりこの後、代筆屋を営んでいく上での箔《はく》がつくことにもなろう。何といっても大名家での仕事なのだ。

おいちが口をつぐむと、露寒軒は再び季吟の方に目を向けた。

「さて、いくらこの娘が愚か者とはいえ、草稿を持ち出したり、屋敷の秘密を外へ漏らすなどの不埒《ふらち》な真似《まね》はせん。そこは、この戸田露寒軒が後見《うしろみ》であるゆえ、信じてもらってよい」

「それは無論、信じておりますとも」

と、すかさず季吟が口を開いた。

「あちらの屋敷には、扶殿《たすく》もいるゆえ、おいちさんも心強いことでしょう」

「な、な、何じゃと――？　何ゆえ、扶のことを――」

露寒軒はおいちが見たこともないほどうろたえていた。その様子を、余裕のある眼差《まなざ》しで見やりながら、

「ただ今、柳沢家に奉公している扶殿も、元は戸田殿のお弟子だったのでしょう？」

と、季吟は涼しい顔で訊《き》き返す。

「……知っておったのか」

露寒軒が哀れなほど、がっくりと両肩を落として呟いた。

「無論。仮にも武家屋敷で雇うからには、素性はくわしくお調べになりますよ。柳沢のお殿さまのご領地川越の出身ということで、申し込んでこられたそうですな。戸田さまのことは口にしなかったそうですが、そのことが分かって、柳沢家では扶殿を雇うことにしたと聞きました。戸田さまの許にいたのであれば、間違いのあろうはずがない、と――」

「何じゃと……？」

露寒軒は心底情けなさそうな声を出した。

扶は露寒軒から、古今伝授《こきんでんじゅ》の秘密を探れという密命を受けて、柳沢家へ入り込んだものの、その使命は果たせぬままである。

「では、戸田殿のお許しも出たことですし、おいちさんは三日後、柳沢さまの常盤橋内のお屋敷へ行ってください。通用口を通れるよう、私の方で話を通しておきますから――」

季吟は話を打ち切るように言った。

「あの、でも、あたし、武家屋敷に行くなんて、どんな仕度をすればいいのか。着ていくものだって……」

おいちはなおもおろおろした口ぶりで言い、露寒軒と季吟を交互に見た。

「正式な奉公ではないから、それほど気にする必要はありません。確かに、奥女中たちは贅沢《ぜいたく》な装いをしているかもしれませんが、おいちさんが真似をする必要はない。お殿さまやご側室さまの御前へ出ることもないでしょうから、気を楽にして参ればよいのですよ」

最後は、優しくなだめるような物言いをして、季吟は帰っていった。

そうはいっても、絣《かすり》の小袖でお屋敷へ行くわけにもいかないだろう。といって、おいちはろくな小袖も持っていない。どうしたものかと、おいちが思案していると、

「よいか、おいち。お前の仕事は、扶に代わって柳沢めの秘密を探り出すことじゃ」

と、露寒軒はおもむろに告げた。

「えっ、でも、草稿やその写しは持ち出しちゃいけないって――」

「それは、側室の日記のことであろう。側室の日記なんぞに興味はない。お前はただひたすら、あの北村季吟と柳沢保明めが駒込にいかなる庭を造ろうとしているのか、そして、古今伝授とは何なのかを探ればよい」

「そんな……。たった半月で、しかも扶さんさえ探り出せなかったのに……」

「扶は警戒されていたのだ。お前の場合、わしの許にいたことは初めから向こうも承知だ

が、学のない女子と見て、警戒もしておらんだろう」

「別に、扶さんのことだって、警戒してるご様子じゃなかったですよ。それに、あたしが学のない女だって、どうしてあちらに分かるんですか」

おいちは少し憤然として言い返した。

「そんなものは一目見れば分かる」

と、露寒軒は取り合わない。

そんな様子であったから、露寒軒に着るものの相談などすることもできず、おさめに尋ねてみたら、小津屋の美雪に相談するのがよいだろうと言われ、おいちは翌日、さっそく小津屋を訪問した。

美雪は親身になって話を聞き、おいちのために、もう今は着なくなったという小袖と帯を譲ってくれた。

「美雪さん――」

ようやく胸の内を打ち明けられる人を得た思いで、おいちは思わず涙ぐんでしまった。

その上、美雪は武家屋敷での作法や口の利き方なども、知る限り教えてくれた。

それで、少し心の平安を得たおいちは、約束の五月十七日、朝早くに露寒軒宅を出た。

露寒軒も玄関口まで見送りに出て、

「よいか。心して仕事に励むのじゃぞ」

と、念を押すように言った。

露寒軒の言う仕事とは、町子の書いた草稿の写しではなく、庭造りと古今伝授を探ることの方であったが、それを聞き流して、おいちは家の外へ出た。

おさめと幸松がそろって門前まで出て、見送ってくれる。幸い、その日は少し雲は出ているが、青い空が見える好天であった。

「おいち姉さん、体に気をつけてね」

幸松が心配そうに言う。

「大袈裟ねえ。あたしはすぐに帰ってくるのよ」

しんみりした気分になるのを振り払いたくて、おいちはわざと明るく切り返した。

「うん。そうだけど……」

「おいちさん、見違えるようにきれいだよ。江戸へ来たばっかの頃は、ちょいと向こう見ずで世間知らずの娘に見えてたけど、何だか急に大人びちまったようだねえ」

おさめまでがしみじみとした口ぶりで言う。だが、不意にきりっと眉を上げると、

「今のおいちさんなら、何があってもきっと乗り越えられるからね。自信を持ってゆくんだよ」

おさめはまるでおいちを鼓舞するように、続けて言った。

「今のあたしって――？」

おいちが首をかしげて問うと、おさめはうなずきながら言葉を継いだ。

「この江戸で、身寄りのない女が一人で生きてくってのは大変なことだよ。だけど、おい

ちさんは代筆の仕事を持って、しっかり生きてる。おまけに人助けまでする。あたしらにとって、おいちさんは大事な恩人なんだ」

おさめの言葉に、幸松が大きくうなずいた。

「でも、あたしだって、皆に助けられて――」

おいちが恐縮して言うと、おさめはにっこり笑った。

「そうだね。そうやって助け助けられて、おいちさんは強く立派になったんだ。大名家のお屋敷でだって、他の女中にひけを取ったりするもんか。負けるんじゃないよ」

そんなおさめの励ましを聞いていると、不安も軽くなってゆくようだ。

「別に、あたしは戦《いくさ》に出向くわけじゃないんですけど……」

笑いながら応じた後、おいちは頭を下げて挨拶し、梨の木坂を下っていった。

常盤橋内の屋敷の場所は前に扶から聞いていたし、さらに露寒軒からもくわしく聞いていたので、迷わずに着くことができた。名を名乗り通用口を入ってから、落ち着いた風情の庭を通り抜け、建物の方へ向かう。

途中、通りかかった池は、駒込の屋敷の大池とは比べものにならぬくらい小さいが、蓮《はす》が瑞々《みずみず》しく白い花を咲かせていた。その池の傍らには、杜若《かきつばた》の群生が今を盛りと咲き誇っている。

池には、朱塗りの美しい橋が架かっていて、陽光を浴びてきらきらと輝いていた。それがふつうの橋ではなく、中心部から八本に分かれて周囲に広がっている。

（まるで、蜘蛛《くも》の足みたいだわ）

おいちはそんなことを思いながら、蓮の白、杜若の紫と緑、橋の朱という美しい彩りに思わず見とれた。

まるで、美しいものだけを十分に吟味して、取りそろえたような庭の印象だった。

（北村さまは、これよりも美しいお庭を造るおつもりなのかしら）

和歌の心を映し出す庭を造る——と季吟は言っていたが、それがどのような庭なのか、おいちには想像もつかない。

池のほとりで、少し立ち止まってしまったが、おいちはやがて我に返り、建物の方へ向かった。

表玄関ではなく、使用人たちが出入りする裏口へ出向いて、訪《おとな》いを告げると、待つほどもなく取次ぎらしい女中が現れた。三十路《みそじ》ほどに見える女中で、涼しげな薄色の小袖が爽やかな印象を与えている。

「そなたが、北村さまの紹介で来た代筆役の者じゃな」

女中は立ったまま、おいちを上から下まで一瞥《いちべつ》して尋ねた。

「はい。いちと申します。よろしくお願いいたします」

美雪から教えられた通り、おいちは相手とは目を合わせず、少しうつむきがちに挨拶した。

「私は鈴《すず》という。そなたが仕事をするのは、書庫と呼ばれるお座敷じゃ。案内《あない》するゆえ上がりなさい」

お鈴から言われ、おいちは急いで草履を脱いで板の間へ上がった。

（大名家のお屋敷での代筆の仕事が、いよいよ始まるんだわ）

緊張からか、奮い立つ気持ちからか、おいちはわずかに身震いを覚えつつ、お鈴に続いて廊下を進んだ。

三

書庫というのは、八畳のふつうの座敷であった。ただし、出入りのための戸口の他、明かり取りの障子が向かい側にある以外、襖《ふすま》はない。

そして、壁二面には棚が設《しつら》えられ、そこには多くの書物が並べられており、一部の棚にはまだ綴《と》じられていない紙がそのまま重ねられ、上から文鎮《ぶんちん》を置いて、紙が飛ばないようにされていた。

中には、二人の若い女がおり、筆を手に何やら写す作業に没頭している。

おいちが見たこともないような長い文机《ふづくえ》が二つ並べられており、二人はそれぞれ向かい合う形で、仕事に励んでいた。二人とも、おいちとあまり変わらぬくらいの年齢に見える。

「これからこちらのお手伝いをするおいち殿じゃ。皐月《さつき》の末までは、ここで仕事をしてもらう」

お鈴がきびきびした口ぶりで言うと、筆を動かしていた二人は顔を上げて、おいちに目を向けた。

　二人とも色が白く、上品な顔立ちをしている。

「こちらはお初《はつ》殿に、お美代《みよ》殿と申される」

　お鈴が二人をおいちに引き合わせてくれる。お初は体つきのほっそりした小顔の娘で、どことなくはかなげな風情を漂わせている。お美代はふっくらとした顔つきで、形《なり》も大きく、そのせいか、動きも緩慢でおっとりとして見えた。

「いちと申します。よろしくお願いいたします」

　お鈴の時と同様、おいちは目を伏せて二人に挨拶した。

「……へえ」

「よろしゅうにな」

　お初とお美代が口々に言ったのを聞き、おいちは思わず目を上げて、二人をまじまじと見てしまった。

（えっ！　これは、上方の言葉――？）

　真間村に暮らしていた時、上方から来たという旅人が真間の井に立ち寄ることもあった。だから、その言葉遣いを耳にしたことはあったのだが、お初とお美代の言葉はまさにそれである。おいちが驚いているのに気づいたらしく、

「こちらの奥方さまは、京のご出身ゆえ、お仕えする女中も京の者と江戸の者が半々くらいじゃ。このお二人は京から参られた」

と、お鈴が言い添えた。こうして、おいちをお初とお美代に引き合わせると、これで自分の役目は終わったとばかり、お鈴はさっさと書庫を去っていった。

お初とお美代はお鈴が去ると、まるで何事もなかったかのように、再び自分の作業に戻ろうとした。

「あっ、あのう」

おいちは慌てて声をかけた。再び筆記の仕事に戻られてしまうと、もう声をかけることができなくなりそうな雰囲気に見える。

「あたしは何をすればいいんでしょうか」

気負いすぎたせいか、おいちは思わず声を高くしてしまった。

(しまった。お屋敷では大きな声を出さないようにって、美雪さんからも注意されていたのに……)

自分の失態に気づいてうつむいたおいちに、お初とお美代は目を向けた。その目の中に、特に非難の色は見られない。

「そうや。あんたはんの仕事、伝えるんを忘れてしもた……」

お美代がおっとりとした口調で言い、その傍らへ座るようにと目で示した。おいちは急いでそこに座った。

お美代は、文机の上に散らばっていた紙を何枚か取りそろえると、その束をおいちに渡して言った。

「まずは、これをすべて書き写してください。紙はこれを使いなはれ。あんたはんの筆と墨は……」

言いかけたお美代は、何かを捜すようにきょろきょろと辺りを見回した。

「あそこの……ます」

それまで黙っていたお初が、口を開いた。

（えっ？）

声が小さくて、おいちには聞き取れなかった。指でお美代の後ろの棚を指しているので、そこにあると言っているのが推測できたが、お初の声を聞き取るのは難しそうだ。

（武家屋敷では皆、小さな声でしゃべるものだって、美雪さんも言ってたけれど……）

それにしても、お初の声は小さすぎやしないか。だが、お初からすれば、自分などは、ひどい大声でしゃべるはしたない女と思われているのだろう。

（気をつけなきゃ）

おいちはあまりしゃべらないようにしようと心に留め、お初が指し示している棚から、筆記具と思われる箱を取り出し、お美代の隣の席へ戻った。

「ほな、後はよろしゅう頼みます」

お美代は言い、それきり自分の仕事を再開した。お初の方はすでに筆を動かしている。

二人とも、書写に没頭する性質《たち》らしく、筆を動かし始めると、後はもうおいちの方など見向きもしない。

まだいろいろと聞きたいことはあったが、くどくどと尋ねると、二人から嫌われてしまうかもしれない。ひとまず、道具は与えられていたし、ただ写すだけでよいという話なので、おいちも仕事に取りかかることにした。

お初もお美代も袖が邪魔にならないように、白い紐《ひも》で襷《たすき》がけをしている。おいちも紐を持ってきていたので、襷がけをしてから、墨を磨り始めた。

その時、ちらりとお初とお美代の筆跡をのぞき見た。

二人とも、この仕事に抜擢《ばってき》されただけのことはあって、かなりの達筆である。ただ、意外だったのは、声も消え入るように小さくはかなげなお初の文字が、力強くしっかりした筆遣いだったことである。一方、お美代の方は薄墨のほっそりとした文字を流れるように書く。

字はその人の性質までも表すもののはずだが、この二人の中身は案外、見た目とは違っているのかもしれない。不思議なものだと思いながら、おいちもその後は仕事に没頭した。

おいちが渡された草稿は、殿さまらしき男がどこかの寺の再建を行い、先祖の供養を執り行うというような内容のものであった。その殿さまというのが柳沢保明のことなのか、中身はひたすらその殿さまを褒めちぎっている。

柳沢家に対しても、保明に対しても、露寒軒が口にしていた以上の知識がないおいちには、その草稿が面白いのかつまらないのかも分からず、まったく興味も湧《わ》かなかった。ただひたすら、伸びやかで素直な筆跡の草稿を脇に置き、その文字をそのまま写し続ける。

　そうするうち、瞬《また》く間に昼時になった。昼の軽食はこの隣の部屋で摂るのだと言われ、おいちは二人に続いて、いったん書庫を出てから、廊下伝いに隣の部屋へ移った。隣は六畳ほどの座敷で、調度は何も置かれていない。

　お膳はどこに取りに行くのかと思っていると、しばらくして、下働きの女中たちがお膳を運んできた。

　古びてはいるが漆塗りの膳で、載せられている皿や器も美しい陶器である。白米の握り飯に、汁物、漬物、揚げ豆腐という献立だった。露寒軒宅でおさめが作ってくれる食事に比べ、さほど贅沢なわけではないが、美しい器に美しく盛り付けられているのを見ると、何やらかしこまった気分になる。

　食事を終えてから、厠《かわや》の場所や寝所の場所などを、おいちは二人から教えてもらった。おいちが寝所に宛《あて》がわれた部屋も、二人と一緒の部屋であった。だが、こういう時でもしゃべっているのはお美代ばかりで、お初は付き添ってはきたものの、一言も口を利かない。

（お初殿は、よほど無口な方なんだわ）

　これまで、おいちが出会ってきた女性とはまったく違う。お美代はしゃべってはくれるが、決して口数が多いわけではなく、その口の利き方もおいちの耳にはとてものんびりと聞こえる。

（京の女の人は、皆、こんなふうなのかしら）

この二人の主人である正親町町子がどんな人なのか、おいちは思いを馳《は》せた。権大納言の姫だと聞いたが、そんな高貴な姫君など、おいちは見たこともなければ、想像することもできない。町子について、おそらくよく知っている二人に、いろいろ話を聞いてみたいところであったが、まだ会ったばかりでは訊きにくかった。

昼食を終え、必要な場所を案内された後、おいちたちは書庫へと戻ってきた。すると、戸口のところに一人の男が所在無げに佇んでいる。

「扶さんっ！」

おいちは思わず大きな声を上げてしまい、ここでは大声はいけないのだったと、慌てて両手で口を押さえた。

「ああ、おいちさん。やはり今日からお屋敷へ上がっていたのだね」

扶は懐かしげに言った。おいちが来ることは、北村季吟がこの屋敷へ来た時に教えてくれたのだという。

「北村さまから、おいちさんの様子を気にかけてやってほしいと言われていたのだ」

せっかく扶に会えたのだから、少し言葉を交わしたい。といって、書庫の中で話すのは許されないだろう。

「このお屋敷でお話をするには、どこですればいいんでしょう」

扶にとも、お美代らにともつかぬ口ぶりで尋ねると、

「ほな、先ほど食事をした部屋を使いなはれ」

と、お美代が言ってくれた。そこで、おいちは少しだけ暇をもらうと、扶を隣室に案内して、戸をしっかりと閉め、向かい合って座った。

「とんでもないことになってしまいました」

おいちは声を低くして言い、北村季吟が露寒軒宅に現れた時のことを扶に伝えた。

「そうか、やはり北村さまは私が露寒軒さまの意を受けた者と、ご存じであったのだな」

扶は口惜しそうに唇を嚙《か》んで言う。

「北村さまどころか、この柳沢家の方々は皆、ご存じのようですよ。それより、そのことを知った露寒軒さまが、このあたしに、古今伝授と駒込のお屋敷のお庭造りについて探るように——とご命じになられたんです。あたし、そんなことをする自信、まったくありません」

しゃべっているうちに、どうしても声が高くなってしまうことに、時折、気づいては慌てて声を小さくしながら、おいちは語った。

「そうだなあ。おいちさんだって、露寒軒さまの手の者と、この屋敷の人々は思っているだろうしなあ」

「そうですよね。それなのに、露寒軒さまは扶さんより、あたしの方が警戒されないだろうからって——」

「それはまあ、そうだろうが……」

扶は悩ましげな表情を浮かべてはみせたが、その口ぶりはさほど深刻そうではない。

「まあ、半月でそれほど重大なことが探り出せるはずもない。そのことは露寒軒さまもご承知だろう。それより、おいちさんはこの半月で、この屋敷の方々の信用を得ることが大切だと思う。信用を得さえすれば、この後も屋敷へ出入りが許されるかもしれないし、そうするうちには、相手も油断を見せるだろう。その時こそ、我々は使命を果たすことができるというものだ」

「えっ……」

使命を果たすなどという大袈裟なことを、おいちはまったく考えていない。

（それよりも、露寒軒さまにあきらめていただく方がいいのに……）

扶が露寒軒を説得してくれるのではないかと、期待していたおいちは、完全に思惑が外れてしまった。扶の中で、露寒軒の命令は決して動かぬもののようである。

「それじゃあ、おいちさん。まずは、この屋敷で与えられた仕事をしっかりとこなすことだよ。この度のご奉公で、露寒軒さまのご命令が果たせなかったとしても、そこのところは私も口を利いて、おいちさんを庇《かば》ってあげるから――」

扶はそれだけ言うと、話は終わったという様子で立ち上がろうとした。が、その時、大事なことを言い忘れたと呟くと、

「私は表御殿の方で、ご祐筆のお手伝いというか、下働きをしているんだ。まあ、他にも雑用のようなことをたくさんしているがね。もし何かあったら、表御殿に勤める誰かに言《こと》づけておくれ。表御殿においちさんが入るのは難しいだろうから、ここの書庫の方へ私が

来るようにする。ここの書庫は、奥御殿といっても、男も出入りできるから——」

と、告げた。

「ここは、奥御殿というのですか。ふつうは男の方が出入りできないものなのですか」

おいちが尋ねると、何も聞かされていないのかと、扶は意外そうな顔をしながらも教えてくれた。

「奥御殿というのは、いわば、御城の大奥のようなものでね。大奥は知っているだろう？」

「はい。将軍さまの奥方さまがお暮らしになる御殿ですよね」

「そうだ。大奥は男の立ち入りが禁じられている。同じように、大名屋敷の奥御殿も男の立ち入りは禁じられているのがふつうだ。しかし、ここの正親町さまの場合、殿さまの栄華物語をお書きになっているわけだから、北村さまなども頻繁に出入りなさっておられる。だから、御殿の一部はいちいちお許しをもらわないでも、自在に出入りできるようになっているのだよ」

「扶さんは、ここの奥方さまを御覧になったことがあるんですか」

話題が町子のことに移った機会を逃さず、おいちは尋ねてみた。すると、

「まさか！」

と、扶は大袈裟に手を横に振ってみせた。

「私ごときが、奥方さまのお顔を拝することはできないよ。ただ、たいそうお美しい方だという評判だ。知性も教養も申し分なく、お殿さまのご寵愛《ちょうあい》もたいそう深い、と——」

「そうなんですか。お齢《とし》はいくつくらいなんですか」

「確か、二十歳を超えたばかりではなかったかな。若君がお二人いらっしゃる」

「えっ、そのお若さで、お二人もお子がいらっしゃるんですか」

「ああ。十六歳で殿のご側室になられたからな」

十六歳といえば、今のおいちの年齢である。この年で男の妻となり、四、五年で二人の男の子を産み、そして、今も柳沢保明の寵愛を受けているという。

女としての幸せをすべて取り集めたような町子という女性を、おいちはますます遠い人のように感じた。

比べるような相手ではないが、どうしても、自分自身と引き比べてしまう。十五歳で想い人と生き別れになり、十六歳で再会の目途《めど》も立っていない自分――。このまま、十七歳、十八歳と齢を重ねつつ、颯太の行方がつかめないままだったら――。

思いがけず、颯太のことに心を乱されてしまい、おいちはしばらくその部屋でぼうっとしてしまった。

(いけない。お初殿とお美代殿は、先に仕事にかかっておられるのに……)

新顔のくせに生意気だと思われるわけにはいかない。おいちは扶と挨拶を取り交わしてから、急いで六畳の座敷を出ると、隣の書庫へ戻っていった。

四

その日、日暮れまでひたすら仕事に励んだおいちは、その後、昼と同じように、お初、お美代と共に隣の六畳間で夕食を摂った。その後は、火を点《とも》して、さらに仕事をするのかと思いきや、

「夕食後は、もう休んでええことになってます」

と、お美代がおいちに告げた。

「そうなんですか」

昼の間、ほとんど脇目もふらず休みもしないお初やお美代に倣《なら》って、懸命に仕事に励んでいたおいちは、目も手も疲れていた。正直なところ、これで休めるというのはありがたい。

だが、おいちは初めにお美代から渡された草稿の束を、まだ書き写していなかった。残りは、数枚ほどである。

それだけは書き上げてしまいたかった。そのことを二人に申し出ると、

「別にかましまへんけど、あんまり遅うまであの部屋にはおらん方がええですよ」

と、お美代が言った。

その言葉の意味はよく分からなかったが、おいちはうなずき、食事の時に使っていた行《あん》燈《どん》の火を書庫へ持ち出し、それでしばらく仕事を続けることにした。

お初とお美代は食後はもう、書庫には戻らず、自室の方へ引き上げたようだ。

(やっと、息が吐《つ》ける)

おいちは書庫で一人になり、うんと伸びをした。お初もお美代も悪い人ではないと思うが、京から下ってきた女人と思うと、何やら落ち着かない。気軽に話しかけることは無論、疲れたからといって、少し休みたいと切り出すことも遠慮しなければならない。

いつにない緊張の中で一日を過ごしたためか、おいちも疲れていた。

それほど時のかかる分量ではなかったのだが、つい眠気に誘われて、文机に突っ伏してしまった。どのくらいの間、寝入ってしまっていたのか。何やら物音がして、おいちははっと目を覚ました。

初めはそこがどこなのか、分からなかった。だが、見慣れぬ書棚が目に入り、すぐにここが露寒軒宅ではなく、柳沢家の屋敷であることを思い出した。

はっと横に目をやると、閉めてあったはずの障子が空いている。そちらは、外に通じていた。物音は障子が開けられた音だったのかもしれない。

「誰……ですか」

おかしいと思わぬわけではなかったが、怖いという気持ちはあまりなかった。まだそれほど遅い時刻ではないだろうし、何よりここは大名屋敷の中である。盗人などが入り込むはずがなく、万一入り込んだとしても、警固《けいご》の侍がいるはずであった。

誰か屋敷内の者が、用事でもあって、書庫にやって来たのだろう。明かりが漏れているのを見て、外から障子を開けたのではないか。そのくらいの気持ちで、おいちは障子の方へ近付いていった。

障子の向こうには、明らかに人影があった。立ち去る気配はない。

「何か御用でしょうか。お初殿もお美代殿も、もうここにはいないのですが……」

そう言いながら、障子の端に立った時、陰になっていた人影がゆらりと立ち上がって、おいちの前にその姿を現した。

「きゃあっ！」

おいちの目に入って来たのは、赤い肌にざんばらの白髪、ずんぐりと大きな目に、大きくて長い鼻――まさに天狗《てんぐ》としか見えぬ異形《いぎょう》のものであった。

おいちは大声を上げるなり、その場に腰を抜かして気を失ってしまった……。

おいちが再び目覚めた時、目の前にはお初とお美代の顔があった。

「おいちはん、大事ないどすか」

お美代が不安げな眼差しを向けて問う。

「この部屋には……て言うた……に……」

お初がぼそりと言った。この部屋には遅くまでいない方がいいと言ったのに……とでも言いたいのだろう。

「天狗を見はったんやろ？」

お美代が尋ねた。

「知ってるんですか」

おいちは慌てて起き上がると、お美代に目を向けて問うた。

「見たことはおまへん。せやけど、こん屋敷では有名な話なんや」

「話……いうより、怪談やけど……」

お初の声がこの時はしっかり聞き取れた。

「怪談――？」

おいちはふと寒気を覚えて、思わず両腕をかき抱くようにする。

「天狗が現れて、この書庫に投げ文をしていくんどす。その文はすぐに何者かが拾って隠してしまうのや。せやさかい、その文を見たっちゅう人もおらんのやけど……。天狗の姿を見たっちゅう人は、何人かおるのや」

お美代が言った。

「その天狗は、何か悪さをするんですか」

「そないな話は聞きまへん。おいちはんかて、無事やったのやろ」

そう言われてみれば、天狗がおいちに何かをしたというわけではなかった。声を発することさえなかったのだ。

「『天狗の投げ文』って聞いたことおまへんか」

お美代から訊かれて、おいちは首を横に振った。

「誰からか分からん文が届くのを、『天狗の投げ文』って言うんどす。ほんまに天狗が届けるわけやないけど、いつ届いたとも分からんうちに置かれてるさかい、『天狗の投げ文』って――」

「でも、このお屋敷では、本物の天狗が文を投げ込んでゆくというわけなんですね」

「お面……ですやろ」

再びお初がぼそりと言った。天狗など本当にいるはずがない。天狗の仮面を被った者がこのようなことをしていると言いたいのだろう。

改めて見ると、お初はたいそう冷静で落ち着いていた。

小柄で顔色も蒼白《あおじろ》いのだが、度胸は据わっている。不思議な人だと思いながらも、お初の言うことはもっともだという気がした。そう思うと、恐ろしさが薄れていった。

「あっ、天狗が文を投げ入れていくのなら、今夜、届けた文がこの部屋にあったんじゃ――」

おいちが言うと、お美代が首を横に振った。

「私たちが駆けつけた時にはもう、何もおまへんどした。きっと、いつもの誰かが持ち去った後やったんですやろ」

お美代は淡々と答えた。

「あのう、このこと、放っておいていいんでしょうか？」

おいちはお初とお美代の顔を交互に見つめながら訊いた。

「これまで、どうにかしようと思うた人もおったけどな。結局、天狗をつかまえることはできんかったんどす。別に悪さをするわけやなし、こん屋敷の誰かに届けたい文があるんですやろ。なら、放っておけばええんと違いますやろか」

お美代はそう言い、お初は何とも答えなかった。

「おいちはんも、今夜見たもののことは、すぐに忘れてしまうことや」

お美代はそう言うなり、話を切り上げた。

「今夜はもう布団で寝た方がええ。おいちはんも一緒に行きまひょ」

そう言われ、おいちももう逆らわず、お初、お美代と共に自室へ引き揚げることにした。

（あの天狗……。どうして、あたしがいたのに、姿を隠さなかったんだろう）

投げ文は人のいないところでするのがいいはずだ。それとも、文を受け取る人物と書庫で待ち合わせていて、おいちをその人物と勘違いしたというのだろうか。

（何だか、変なお屋敷——）

この話を露寒軒にしたら喜ぶだろうか。それとも、そんな下らぬ話を持ち帰ったところで何の意味もないと、叱りつけられるだろうか。

そんなことを考えているうちに、いつしかおいちは寝入ってしまった。

それから五日ほどが過ぎた。

おいちの毎日は、お初、お美代と共に書庫でひたすら筆記をするだけで、それ以外には何も起こらなかった。初日の後は、おいちも夕食後、書庫に残ることをしなかったせいか、天狗の姿を見かけたこともない。

お初、お美代以外の者とはほとんど顔を合わせることもなかった。この五日の間においちが見かけたのは、食事を運ぶ女中と、時折、書庫へやって来る町子付きの奥女中お鈴だけである。お鈴は町子の書いた草稿を、こちらへ運んだり、あるいは出来上がった写しを持ち帰ったりする役目を果たしていた。

そして、おいちが屋敷へ来て六日目のこと――。

「あら、これは草稿とは違うもんや」

お美代が草稿の束から取り出した一枚の紙に、さっと目を走らせてから呟いた。

「おいちはん、悪いけど、お鈴はんを追いかけて、これを返してきてくれへんやろか。廊下は一本やから迷うことはおまへんさかい」

お美代から言われて、おいちは「はい」と即座に答え、その紙を持ってお鈴を追いかけた。

確かに、廊下は一本で、途中で曲がってはいたが迷うことはない。しかし、どれだけ行っても、お鈴はよほど足が速いのか、追いつくことができなかった。

（どうしよう。あんまり奥まで行ってしまうのもいけないんじゃ……。いったん書庫へ戻ろうかしら）

おいちは、書庫以外の所へ出入りを許されているわけではない。どうしたものかと迷いが生じたその時、少し先の戸が開いて、奥女中らしい女が一人現れた。

「あなた、ここへ何しに来たの？」

おいちが見慣れぬ顔だったからか、女が咎《とが》めるような口ぶりで訊いた。おいちは手にした紙を見せながら、理由を説明した。

「お鈴殿に渡せばよいのですね」

その女は言い、手を差し出した。友禅らしい華やかな装いといい、口の利き方といい、身分の高い女中であることは明らかだった。おいちはほっと安心して、その紙を女に渡すと、そのまま頭を下げて書庫へ戻っていった。

そのことをありのままお美代に伝えたが、お美代もうなずいただけで何も言わなかった。

その一件は、何でもないこととして、そのままおいちは忘れてしまったのだが……。

翌日、おいちが紙を渡した女中が、他に二人の女中を伴い、何やら昂奮《こうふん》した様子で書庫へ現れた。

「ああ、あなた。昨日、奥方さまのお文を持ってきた人ね」

昨日よりもずっと親しげな口ぶりで、女中はおいちに声をかけてきた。

紙の中身を読んでいないおいちは、あれは文だったのかと思いつつ、あいまいにうなずく。

「ねえ、他にも、奥方さまのお文が交ざっていたことがあるんじゃない？」

お初とお美代も、すでに筆を止めていたが、互いに顔を見合わせている。

「あ、あたしには何のことか、さっぱり……」

奥女中に問い詰められて、おいちは首を横に振った。すると、

「一体、何のお話ですやろか」

お美代が奥女中の女に訊き返した。

「ほら、昨日のお文。あそこには、母上に会いたいという思いがひたすら綴られていたのよ。どう読んでも、あの文の『母上』は高貴なお屋敷にいるっていう書き方だったわ。となると、奥方さまのお子が奥方さまに書いたか、奥方さまがご自分の母上にお書きになったか、どちらかしかないじゃない？」

奥女中の女は、町子の噂話《うわさばなし》をするのが楽しくてたまらないというような物言いをした。

「でも、奥方さまはまだ二十一歳よ。大体、十六歳でこのお屋敷に入られたんだし、外に隠し子がいるとか考えられないわ。となれば、あのお文はやはり、奥方さまがお母上に書いたものということでしょう？」

付き添いでやって来た奥女中も、目を光らせながら言う。

「奥方さまのお母上って、京で遊女をなさっていたのですってね。奥方さまのお父上の権大納言さまが、まだ幼い奥方さまをその遊女から引き取って、お育てになられたのだそうよ」

「遊女の娘だから、あんなにお父上のご身分がお高いのに、殿のご側室にしかなれなかったのねえ。本当なら、ご正室になられるのが当たり前のお家柄なのに――」

「でも、奥方さまのお母上は、今、どこにいらっしゃるのかしら。お文の感じからすると、高貴なお屋敷にいるみたいですけれど……」

「遊女をおやめになって、どこかの奥方にでもなられたのかしら。でも、遊女が奥方なんて変な話よね。遊女だったってこと、隠してるのかしら――」

奥女中たちは皆、二十歳そこそこという若さであったが、それにしても聞き苦しいほどの騒々しさであった。お初やお美代とはずいぶん違う様子の奥女中たちに、おいちは面食らっていた。同時に、反撥《はんぱつ》も覚えた。

（この人たち、まるで奥方さまの秘密を暴くのを、楽しんでるみたいじゃないの）

そういえば、この奥女中たちの言葉遣いは、上方のものではない。となると、町子が江戸へ下る時に京から付いてきた侍女ではなくて、もともと柳沢家に勤めていて町子付きになったか、新しく雇われた者たちなのだろう。

町子に対して、深い忠誠心を抱いていないのは仕方ないとしても、何もその秘密をわざわざ暴くなどということをしなくてもよいではないか。

ちらりと、お初とお美代の顔を盗み見ると、お初は蒼白い顔をますます蒼ざめさせ、お美代は静かな怒りをその両眼に湛《たた》えていた。二人は京から付いて来た者だけに、町子に対して深い思い入れがあるのだろう。

おいちは町子に対して、特にどんな感情も抱いてはいない。

だが、今目の前にいる奥女中たちと、お初、お美代を比べるならば、断然、お初とお美代の味方をしたかった。

「あのう、それ、奥方さまの書かれたものじゃないと思います」

おいちは賑やかに話し込む奥女中たちに向かって言った。話し声がぴたりとやみ、皆の眼差しがおいち一人に注がれた。

「あたし、お美代殿から託された時、中身を見ないでそのままお持ちしてしまったから、気づかなかったんですけど……。今のお話を聞いて合点がいきました。それ、あたしが書いたものなんです」

おいちの言葉を聞くなり、昨日、おいちが紙を渡した奥女中の女が、即座に口を開いた。

「嘘《うそ》を言うものではないわ。私たちはあのお文を見たのだもの。明らかに、奥方さまのご筆跡に似ていたわ」

「それは、ここへ来て奥方さまのご筆跡を拝し、とてもお美しいと思ったので、真似《まね》させていただいただけです。あたしは本郷で代筆屋をしている者で、人の筆跡を真似するのも得意ですから――」

口から出まかせだったが、代筆屋をしているという話が奥女中たちの心に深く響いたようであった。

「実は、あたし、こちらのお屋敷に上がってから、代筆のお仕事を受けてしまったんです。ここにいる間は、お断りするつもりだったんですけど……」

「ここに上がってから、外の仕事なんて、どうやって受けることができるのよ」

奥女中の一人がおいちに突っかかるような口ぶりで尋ねた。

「表御殿にお仕えする扶さんが、それを知らせてくれたんです。何でしたら確かめてみて

くださ い」

おいちが落ち着いた声で堂々と答えると、奥女中たちはもう何も言わなかった。

「でも、あたし、代筆用の紙を持ってきていなかったから、申し訳ないとは思ったんですけど、ここのお屋敷の紙を勝手に使わせていただきました。墨も、ここのお屋敷のものを——。それで、黙ってたんです。その代筆の内容が、お母さまに会いたいというものでした。清書もしたのに、どこかへいってしまって困っていたんです。奥方さまのお書きになった草稿の中に交じってしまっていたんですね」

おいちは言い、奥女中たちに向かってにっこり笑ってみせた。

文の内容を言ってみろと言われたら、万事休すだ。読んでいないのだから内容は分からない。だが、奥女中たちはそれ以上、おいちをかまおうとはしなかった。

「何なの。さんざん人を騒がせておいて——」

ふて腐れたように言うなり、奥女中たちはつまらなそうな表情を浮かべ、書庫を出てゆこうとした。

「あのう。お文の方は今どちらに——」

おいちは慌てて声をかけた。

「あなたに言われた通り、お鈴殿に渡しておいたわよ」

おいちが紙を渡した奥女中の女は、つんけんした声で言い、おいちの方に目も向けずにさっさと去っていった。

奥女中たちの足音が聞こえなくなってしまうと、

「おいちはん、今の話……」

お美代が不審げな眼差しをおいちに向けて問うた。

「もちろんすべて偽りです。あの方々のおっしゃること、何だか腹が立ったので――」

おいちは得意げに言いかけたが、途中から少し不安になり始めていた。偽りを口にして、奥女中を騙すなどとんでもないと、今すぐに屋敷を追い出されたりしないか。いつしかうつむいてしまったおいちの耳に、

「えろう肝が据わってはるのやなあ」

という、聞き慣れない明るい声が聞こえてきた。不審に思って顔を上げると、お初が頬を紅潮させている。

今の声はお初のものだったようだ。

（お初殿、大きな声も出すこともあるんだ……）

おいちは吃驚《びっくり》し、返事をすることもできなかった。その傍らでは、お初とお美代が満足げな笑みを浮かべながら、目を見交わしていた。

五

それから、数日は何事もなく過ぎた。おいちは仕事に励み、進み具合は順調だった。

その後、天狗が現れることもなく、町子が書いたかと思われる文のことで、奥女中らが

あれこれ騒ぎ立てることもなかった。そして、五月も二十八日になり、おいちが柳沢家の屋敷を出て行く日も近付いた、その日の晩のこと——。

いつものように、お初、お美代と書庫の隣室で夕食を終え、そのまま三人で使っている自室の方へ移ろうとしていた時、町子付きのお鈴がやって来た。

「おいち殿——」

お鈴は廊下でおいちを呼び止めた。

「奥方さまがそなたを呼んでおられる。一度、話がしたいと仰《おお》せゆえ、今から私について来なさい」

「えっ、奥方さまが——?」

奥方の町子とは、顔を合わせることもないだろうと、北村季吟からは言われていた。実際、屋敷へ上がって十日近くが過ぎても対面することがなかったというのに、一体どうしたのか。

おいちは急に不安になった。

「そなたのこれまでの働きに対して、お褒めのお言葉を——とのお心積もりじゃ。案ずることはない」

おいちの戸惑いを察したらしく、お鈴は言い添えた。

それで、その日、おいちはお鈴について、それまで足を踏み入れたことのない御殿の奥——奥方の町子が暮らしている座敷へ、どきどきしながら赴くことになった。

ひっそりとした廊下を幾度か曲がった後、

「こちらじゃ」

華やかな牡丹の絵が描かれた襖の前で、お鈴が足を止めた。襖の前には、女中が控えている。

「奥方さま。お鈴殿が参られました」

その女中が中へ告げると、「お入り」という涼やかな声が聞こえてきて、襖がさっと開けられた。

その途端、中から明るい光があふれてきたように感じて、おいちは思わず目を細めた。お鈴がさっと歩き出すのに続いて、おいちもその後を追った。

十二畳ほどの座敷の奥に、町子と思われる人が座っている。

高貴な相手に目を向けることもできず、おいちはうつむきがちに歩いた。お鈴が足を止めて座ると、おいちもその少し後ろに膝をついて座る。

「書庫に勤めおります、いちを連れてまいりました」

お鈴が告げた。

「おいちとやら。そなたが間もなくここを去ると聞いて、ここまで来てもらいました。仕事はきつうはなかったか」

町子の声が降り注いでくる。お美代らが使う上方訛《なまり》が入っているが、それが何とも柔らかく耳に心地よく響く、優しい声であった。

「あ、あたし、いえ、私は、筆記には慣れていますから――」

おいちは頭を下げたまま、緊張の余り、少しうわずった声で言った。

「この者は、町方で代筆屋を営んでいるとのことでございます」

淡々とした声で、お鈴が告げた。

「そうどしたな。季吟先生がさようにおっしゃっていた」

町子がそれに応じて言う。

「今日はそなたの働きに礼をと思うて、茶菓子などを用意させました」

町子が言うと、おいちたちが入って来たのとは違う襖が開いて、女中が一人現れた。茶と茶菓子が載せられた膳を、おいちの前だけに置いて、無言で去ってゆく。

「あ、ありがとうございます」

おいちは緊張したまま礼を述べた。町子がほほっと笑う声が聞こえてきた。

「そないに硬うならず、顔を上げなはれ。お鈴も下がってかまいませぬ」

町子が言うと、お鈴は頭を下げて、入ってきた襖から部屋を出ていってしまった。部屋の中には、町子とおいちだけとなる。その時になってようやく、おいちは顔を上げて、上目づかいに町子をちらと見た。

暑いからか、打掛は羽織らず、涼しげな麻の単衣《ひとえ》を着ている。薄紫の地に、立涌《たてわく》文様が細かく染め抜かれた単衣は、町子の色白の気品ある顔立ちによく似合っていた。

（何て、まぶしい方なのかしら――）

この部屋に入った時、中から光があふれ出るようだと思ったのは、中に点された行燈の数が多いせいではない。ここにいる町子の香り立つような気品が、この部屋を光で満たしている。おいちの目にはそのように映った。

それでいて、町子は決して近寄りがたい雰囲気を漂わせているわけではない。常に浮かべられている微笑も、柔らかな物言いも、親しみやすさを感じさせるものであった。

その町子から勧められるまま、おいちは膳の上の茶菓子を口に運んだ。

それは、白い薄皮でくるんだ饅頭《まんじゅう》で、見た目は特に変わっているとも思えない。しかし、口に入れると、これまで食べたことのない味わいだった。

饅頭が甘いというのは、おいちには初めてだった。前に待乳山で買ったお米饅頭もそうだが、饅頭の餡《あん》とは塩味が利いているのがふつうである。だが、町子が出してくれた饅頭の餡はねっとりと甘く、口の中でとろけてゆく。

こんなに美味《おい》しい饅頭は食べたことがない――声に出してそう言いたいところであったが、この高貴な公家の姫君を前に、そういうことを言ってもよいものかどうか、迷いが走った。

それで、何も言えないまま、おいちはお茶を口に運んだ。苦みの利いたお茶の味が、甘い饅頭によく合っている。

「わたくしは、そなたと気兼ねのう話をしとうて呼んだのじゃ。そなたも遠慮などせず、ありのままに話しておくれ」

おいちが茶碗を置くのを待って、町子が言った。

「は、はい――」

とは返事をしたものの、おいちの方はなかなか緊張を解くことができなかった。

「そなた、草稿に交じっていた文を、自分が書いたものと申したそうどすな」

町子はじっとおいちに目を向けながら、そう切り出した。

（奥方さまがあたしをお呼びになったのは、このことだったのか）

もう何日も経《た》っていたので、そのことで呼ばれることはないと思っていたが、十分にあり得ることであった。おいちは少し後ろへ下がると、

「申し訳ありません。口から出まかせを申してしまいました」

と、額を畳につけて謝罪《とが》した。

「そなたを咎めようと思うて、呼んだのやあらしまへん。そなたに礼を申したかったのじゃ」

町子は穏やかな口ぶりのまま言った。

「礼……でございますか」

おいちは恐るおそる顔を上げて、町子の顔を盗み見る。

「さよう。あれは、わたくしが書いたもの。中を読みましたか」

「いいえ、中身は実は見ていないのです」

おいちは正直に答えた。すると、町子は傍らに置かれていた文箱らしきものの中から、

一枚の紙を取り出し、前に差し出した。

おいちは恐るおそる膝をついたまま前に進み出て、それを受け取った。おいちが先日、例の奥女中に託した紙のようである。

「中を読んでみなされ」

町子が言うので、おいちは元の位置に戻ってから、紙を開いてみた。

「母上さまへ。御文頂戴し、ありがたく候。ご返事参らすこと難く、申し訳なく思ひ候。母上さまは御殿の奥深く、幾重にも重く堅き戸で仕切られた所におはしまし候。ゆゑに、お会ひすること難く、御文参らすことだに能《あた》はず、昔より母上が事、恋しく懐かしく思ひ申し上げ候。もし一目なりとも、母上さまにお会ひすること叶はば、これに勝る喜びはなきものと心得候。母上さまが我を撫子《なでしこ》とお呼びくだされしこと、父上さまより聞きしより、母上さまの御事は昼は面影、夜は夢枕に立ち……」

――お母《たあ》さま。御文をくださり、ありがとうございます。それやのに、わたくしの方からご返事を差し上げることが難しく、申し訳なく思っております。お母さまは幾重にも重く堅い戸で仕切られた御殿の奥深くにいらっしゃる。せやさかい、お会いすることも御文を差し上げることさえできまへん。昔から、わたくしはそないなお母さまのことを、恋しく慕わしく思ってまいりました。もし一目でも、お母さまにお会いすることができるなら、これに勝る喜びはあらしまへん。お母さまがわたくしを、撫子とお呼びくださったこと、お父《もう》さまより聞いた時から、お母さまは昼は面影に立ち、夜は夢枕に立たれるのでございます……。

母に会えない子の思いが赤裸々に綴られている。

だが、これを読んだだけでは、息子か娘かも分からない。母が御殿の奥深くにいるということだけが唯一の手がかりで、それ以外に、この母という人がどのような人物なのかは分からないようになっていた。

「これは、わたくしが書いたものや」

おいちが文から顔を上げると、町子は包み隠さずに告げた。

「わたくしが、お母さまより賜《たまわ》りしお文への返事として書いた」

「……そうでしたか」

「されど、この文は差し上げることができぬ……」

いかにもつらいという気持ちを声ににじませて、町子は言った。

「なぜですか。このお文、私にはたいそう胸に沁《し》みました。奥方さまのお母上がお読みになられたら、私よりずっと心を動かされることでしょうに……」

「わたくしから、お母さまへ文を託す術《すべ》がないのや」

「なぜでしょうか。お母上からのお文は、奥方さまの許へ届けられているのでございましょう？」

「それは、天狗が届けてくれるさかい」

町子の言葉に、おいちは思わず「あっ！」と大きな声を放ってしまった。

そのことに気づき、慌てて両手で口許を覆う。よりにもよって、一番気をつけなければならない町子の御前で、大声を出すとは、何という失態か。

だが、町子はそのことで、おいちを咎めることはしなかった。

「そなたも天狗のことを聞いたのやな」

「は、はい。というより、たまたま天狗を見てしまいました」

「何と、天狗を――」

町子は目を見開いて、おいちを見つめた。だが、その瞳はたちまち憂いに沈んだものとなった。

「わたくしは天狗に会《お》うたことがない。もし許されるのなら、天狗と対面し、お母さまのことをお尋ねしてみたいが……」

「では、その天狗にお母上へのご返事を託してはいかがですか」

「さて。天狗は勝手に文を投げ入れてゆくだけや。天狗の姿を見たちゅう者は、この屋敷にもおるけど、話をした者はおらぬ。このことを知るお初、お美代、お鈴でさえも――」

初めて、天狗が文を届けた時、それに気づいたのは、お初とお美代であった。書庫の草稿の中にまぎれ込んでいたからである。

以来、それはひそかに、お初とお美代からお鈴の手を経て、町子の許に届けられるようになった。そのことを説明した後で、

「わたくしのお母さまについて、そなたはこの屋敷で噂を聞いたか」

突然、町子はおいちに尋ねた。

「い、いえ。それは……」

あのいけ好かない奥女中たちが話していたことは、確かに聞いた。

町子の母が遊女であったということ。それゆえに、父親の身分が高いにもかかわらず、町子が正室ではなく、側室の立場に甘んじていること――。

それは事実なのかもしれないが、あの奥女中たちの嬌声《きょうせい》が耳にちらついて、おいちはそうだと正直に言うことができなかった。だが、その様子に、町子は察したのだろう。

「聞いたのやな。わたくしの母が遊女やちゅう話を――」

と、意外にも軽やかな声で言った。

「わたくしの実家正親町家は、柳沢家に対し、さように申し入れた。ゆえに、殿さまもこの屋敷の方々も、皆、そないに思うてはる。されど、まことは違うのや」

「どういうことでございますか」

「わたくしのお母さまは遊女ではない。今は江戸の御城の大奥におられます。大奥総取締《おおおくそうとりしまり》、右衛門佐《うえもんのすけ》というお名前で――」

「ええっ！」

おいちは驚きのあまり、再び大きな声を上げてしまった。が、この時はそれを失態と気づくこともできなかった。

武家の世界や江戸城になじみのないおいちでも知っている。大奥という場所が将軍以外の男の出入りを禁じ、そこにいる女性は誰でも、将軍のお手付きになり得るのだということくらいは――。

だから、たとえ町方の娘でも、将軍のお手付きとなり、末はお世継ぎの生母になることもあり得る。実際、四代将軍家綱《いえつな》の母もそうだし、現将軍綱吉《つなよし》の母桂昌院も京の八百屋の出身であった。

将軍のお手付きになる見込みがある以上、そこに入る女性は下働きでも未婚でなければならないはずだ。まして、子を産んだことがある女性など、論外ではないのか。

「お母さまは婚儀を行うことなく、わたくしを産んだそうや。そして、正親町家に預け、ご自分は江戸へ下って大奥に入られた。そのお女中たちの頂きとも言える大奥総取締にならはったお母さまが、上さまのご寵愛を受けはったのかどうか、わたくしは知らぬ」

町子の目の奥に、再び物寂しげな憂いが浮かんだ。

「奥方さま、どれほどお母上にお会いになりたいことでしょう」

おいちは深く同情して、心から述べた。おいち自身が亡き母を思うように、この高貴な公家の姫君も、母親を恋しがっている。そのことが、つい先ほどまで遠慮のあった町子のことを、身近に感じさせてくれた。

「おかしいと思うやろな。もう二人の子の母となったわたくしが、いまだに母を恋しがっているなんぞ——」

「そんなことは思いません。子が母を恋しがるのも、母が子を恋しく思うのも、当たり前のことだと思います」

おいちの脳裡《のうり》に、亡き母お鶴の面影がよぎってゆく。おさめと仙太郎の面影も、お絹とお妙の面影もよぎった。そして、露寒軒のひどく寂しげな面差しも——。

おいちの物言いが決して口先だけのものではないと、町子にも伝わったのか、町子の表情に初めのような、いや、先ほどよりもずっと親しみ深い微笑が浮かんだ。

あはれとや心乱るる秋風に　思ひ出づらむ恋し撫子

町子は澄んだ声で、一首の歌を口ずさんだ。

心にしみじみと沁み入る秋風が吹くと、撫子の花が恋しく思い出される——というような意味だろうか。撫子は秋の七草である。そのようなことはぱっと頭に浮かんだが、それ以上のことは、おいちには何も分からなかった。耳で聞く調子はとても心地よいが、この歌がよい歌かどうか、そこまでの判断はできない。

「撫子の花をお詠《よ》みになったお歌ですね」

としか、おいちには言えなかった。

「これは、昨年の秋、初めてお母さまから届いたお文に書かれていた歌や」

そう断った後で、町子は歌の説明を加えた。

「撫子は、『子を撫でる』に通じるさかい、愛しい我が子を指す言葉どす。その一方で、撫子の異名は常夏《とこなつ》ともいうのじゃ。寝るための『床《とこ》』に通じることから、床を共にする相手、つまり愛しい恋人を指すこともあります」

「愛しい子と、恋しい人――」

何てすばらしい名前を持つ花なのだろうと、おいちは深く感動した。

こういう和歌の含蓄を聞くと、ふと、露寒軒のことが懐かしく思い出される。離れていたのは半月足らずだが、何やら顔を見たくてたまらなくなった。

「いいお歌でございますね」

町子の母が、町子を思って詠んだ歌なのだ。それが分かると、この歌は深くおいちの心に迫ってきた。

「さように思うか」

町子がどことなく嬉しげに問う。

「はい。特に下の句が心に沁みます。口ずさみたくなるような……」

その時、おいちの胸にある言の葉が浮かび上がった。

――君が手添へし梨の花咲く
それは、颯太が残してくれた言葉であった。おいちは、それに上の句をつけ、一首の歌に作り上げたのである。

（この下の句を使って、また新しい歌を作ることができたなら――）

まだ自分一人で、一首の歌を作り上げることはできないが、すでにある下の句に上の句をつけることならできるかもしれない。

そう思うと、おいちは居ても立ってもいられぬ気持ちになった。

「奥方さま。やはり、お母上にお文を差し上げたらいかがでしょうか。すでに、お書きになったものをお送りなされればよいと思います」

胸に余るほどの願いを抱きながら、町子はその立場から、母に文を送りたいと口にすることができない。それを知っていながら、見過ごすことはおいちにはできなかった。

それでは、代筆屋の名が泣くことになる。

――お前は人が口にしない胸の内を、汲み取る力があるようじゃ。

――あたしが自分でも気づかなかった本心を、おいちさんはあたしに示してくれたんです。

露寒軒とおさめの言葉が脳裡によみがえって、おいちの背中を押してくれる気がした。

「もしよろしければ、私に代筆をさせていただけないでしょうか」

気づいた時には、おいちはそう言っていた。

「何じゃと！　そなたに代筆を――」

「はい。天狗に持ち去ってもらう方法は、お初殿とお美代殿にも相談させていただきたく

――。天狗が書庫へ来ることは間違いないのですから、どうにかして天狗に気づいてもらい、持ち去ってもらえばよいのです。それは、決して難しいことではないと思います」

「天狗に持ち去ってもらう……？」

町子は考えてもみなかったという表情で、おいちの言葉をただなぞった。

おいちの勢いはもう止まらなくなっていた。

「つきましては、奥方さまにお願いがございます」

おいちは町子の返事も聞かずに、両手をついて頭を下げた。

「私に、奥方さまのお母上のお歌の下の句を使って、歌を作ることをお許しいただけませんか」

一気に言って、額を床にこすりつける。

――江戸へ来たばっかの頃は、ちょいと向こう見ずで世間知らずの娘に見えてたけど、何だか急に大人びちまったようだねえ。

柳沢家の屋敷へ行く前に、おさめがかけてくれた言葉がふと胸をよぎってゆく。

（今のあたしは、江戸へ出て来たばかりの田舎娘じゃない。仕事は少なくても、露寒軒さま宅の代筆屋。でも、向こう見ずなとこは直ってないかもしれないわ、おさめさん）

今頃、おいちのことを案じてくれているかもしれないおさめに、心の中で呼びかける。

一方、町子はおいちのこの思いがけない申し出に、しばらくの間、茫然としていた。

六

翌日、おいちは町子から預かった下書きを元に、右衛門佐宛ての文を書き終えた。

その文をきちんと畳み、包み紙にくるんで、その上には「母上さまへ」と表書きを書いた。それから、さらにそれを別の紙でくるみ、その上には「天狗殿へ　持ち帰られたし」と書き添える。

これは、お初、お美代と知恵を絞って考え出したことだ。

天狗が現れる頻度は決まっておらず、まちまちだという。半月ほどで現れることもあれば、ふた月ほど音沙汰《おとさた》がないこともあったらしい。

取りあえず、前の晩から半月近く経っているので、この夜から、この文を書庫へ置き、天狗が気づくように行燈の火を点しておく。

暮れ六つ（午後六時頃）を過ぎた後、書庫に人が近付くことはないから、人目に触れることもないだろうと、お美代は言った。それでも、天狗が文を持ち去るまでの間は、お初とお美代が交替で、夜の見回りをするという。

これまで天狗が人に見られるのは、大体、夜の五つ（午後八時頃）から四つ（午後十時頃）にかけてだというから、夜の九つ（午前零時頃）までは行燈の火を点けておき、それが過ぎてからは消すことにすると取り決めた。

「このことは、私たちが引き受けたさかい、おいちはんは心配せんでええ」

お美代は心のこもった声で、そう約束してくれた。おいちに向けられたお初の目にも、親しみがこもっている。

　この二人ともお別れだと思うと、おいちは何とも寂しい気持ちに駆られた。いつしか心が通じ合い、もしかしたら友のようになれるのではないかとさえ思えたが、武家屋敷に仕える二人とは、もう二度と会えないかもしれない。

　おいちは屋敷での最後の晩となる二十九日の夜、夜の九つまで書庫にいさせてほしいと二人に頼んだ。都合よく天狗が現れる見込みは、決して高くないだろうが、せめて一晩だけでも町子の文の番をしたい。

　町子が母に贈る返事の文には、町子が作った和歌を最後に書き添えることになった。


撫子はいづれの空に咲きぬとも　生ひ立つ垣《かき》をいかで忘るる

　――お母さま、あなたの娘はどこにいようとも、産んでくださったお母さまを忘れるものではありません。

　先に、右衛門佐が町子に贈ったという和歌に対する返歌になっているのだろう。

　おいちは昨晩、町子が作った歌を書き留めてもらい、歌の心の説明も受けた。本心からよい歌だと思った。自分もこんな歌を作りたいと思うが、たとえ「思ひ出づらむ恋し撫子」を使わせてもらうとしても、よい歌を作る自信はない。

そのことを正直に打ち明けると、

「ほな、歌ができたら、わたくしに見せなはれ」

と、町子は気軽に言った。

「えっ、よろしいのですか」

「もしここを出てゆくまでにできなければ、その後でもかましまへん。そなたは季吟先生の知り合いと聞いておるゆえ、季吟先生にでも託せばよい。わたくしが添削して、そなたに返すことにいたそう」

町子は母への文を書くきっかけを与えてくれたおいちに、ずいぶんと親しみを覚えたようであった。

「ありがとうございます」

おいちは深く頭を下げた。

「されど、『恋し撫子』とは親が子を思う気持ち。そなたに子はおらぬであろうに、この言葉でよいのか」

町子は首をかしげておいちに問うた。

「私の大恩あるお方が、ご子息を亡くしておられるのです。そのお寂しさを素直にお口に出されるお方ではないので、その方のお気持ちを歌にできたらなと、ふと思ったのです」

おいちは露寒軒を思い浮かべながら答えた。

口に出して、寂しいとかつらいとか言うことはできなくとも、歌にして詠むことはできる。露寒軒もそうなのだろう。それが、東陽寺の歌碑に彫られた歌なのだ。

おいちもまた、露寒軒を慰めたいという気持ちはあるが、面と向かって「お寂しいでしょう」などと言うことはできない。そんなことは、露寒軒が最も嫌うことでもあるはずだ。

（でも、和歌に託せば、それができるような気がする）

露寒軒のような意地っ張りにとって、真情を歌の型にはめ込んで表すのは、とてもふさわしい手段のはずだ。他人のそれを受け止めるのも、ずっと素直な心でできるだろう。

それは、おいちにとっても同じであった。

「ほな、そなたの歌が届くのを待ってますさかいな」

町子の色白の頬がほのかに赤らんでいる。その様子はとても若々しく、とても二人の子を持つ母とは見えぬほどであった。

おいちは町子に礼を言い、右衛門佐宛ての文と和歌の下書きを携えて、町子の御前を下がったのである。

今、書き上げた清書の文を目の前に置き、来るかどうかも分からぬ天狗の訪れを待ちながら、おいちは書庫の障子を開け、その傍らに座っていた。

梅雨も間もなく明けることだろう。その後は、暑い真夏がやって来るが、今はまだ夜はそれほど暑苦しくない。

月の下旬なので、夜空に月はなく、星がまばらに散っているのが見えた。

その時、ふとおいちの目は地上の辺りに、ちかちかと動く光を見た。

「あれは、蛍……？」

今年になって初めて見る蛍だった。

この屋敷の池を求めてやって来た蛍なのだろうか。おいちが見つけた蛍は、迷ってしまったのか、一匹だけで頼りなく飛んでいる。

蛍の光は点いたり消えたりするので、どのくらいの隔たりがあるのかよく分からなかったが、おいちは思わず、障子から手を差し伸べた。すると、まるでおいちの気持ちを汲み取ったかのように、蛍は徐々にこちらに近付いてくるように見える。

「おいで――」

おいちはそっと呼びかけ、手を打ち合わせた。それで蛍が寄ってくるとも思わないが、その蛍はどういうわけか、おいちの近くから離れていかない。

（蛍は、まるで亡き人の魂のように思える）

おいちの脳裡に、亡き母の面影が浮かんだ。

――おいちの幸いだけが、母さんの願い。

そう言い残した母の面影がよみがえる。

もしかしたら、あの蛍は亡き母なのかもしれないと、おいちは思った。

もし露寒軒がこの場にいて、あの蛍を見たならば、亡くなった息子の魂と思うのではないだろうか。露寒軒だけではない。蛍の光は、見る人ごとに、その心に住む大切な人の思い出を呼び起こすもののはずだ。

（露寒軒さまは、ご子息のことを心濃《こま》やかな優しい方だとおっしゃっていた……）

優しいから、なかなか立ち去ろうとしないのだ――。

そう思った時、一つの言葉の連なりが思い浮かんだ。


飛ぶ蛍我を離れぬやさしさに　思ひ出づらむ恋し撫子

よい出来かどうかは分からなかったが、この歌を明日の朝にでも、町子に届けよう。この屋敷を立ち去る前に歌ができてよかった。

満足しながらそう思った時、蛍の光がふっと消えた。

木立か何かに隠れてしまったのか。それとも、ここからは目に入らぬ遠くへ飛んでいってしまったのか。

よく見ようと、障子から身を乗り出した時、おいちの頬に何やら不自然な風が吹きつけた。はっと身を退いて闇に目を凝らすと、闇の中から何かがぬうっと姿を現した。

「あっ！　天狗――」

この屋敷へ来た最初の夜、度胆を抜かされた天狗が、おいちの目の前にいる。

あの時はあんなに恐ろしかったというのに、今日はそうでもなかった。表情を少しも変えぬ天狗の面は、どこか滑稽にさえ思える。

天狗はおいちに目を向けていたが、何も言わず、手にしていた文らしきものを、さっと障子の奥へ投げ入れた。いつもの町子の母からの文なのだろう。

「待って！」

おいちは抑え気味の声で言うなり、行燈の脇に置いてあった町子の文を手にして戻った。

「これを、お渡しして――」

おいちは天狗に文を差し出しながら、必死に頼み込んだ。

天狗は少し迷うような様子で、じっとしていたが、ややあってから、ぬっと手を出すと、おいちから文を引ったくるようにして取った。

その一瞬の間に、おいちは天狗の手を見た。何のことはない。ふつうの手である。赤くもなければ、獣の毛に覆われているわけでもなく、爪が恐ろしく長いわけでもない。

ふつうの男の――それも、若い男の手であった。

その時、自分でもどういうわけか分からないが、不意においちの脳裡にある場面が浮かんだ。

颯太が手を伸ばして、梨の木に文を結わえ付けている。おいち自身がその場面を実際に見たわけではないのに、どういうわけか、くっきりとその颯太の姿が浮かんだ。とりわけ、袖がまくれてむき出しになった颯太の腕、枝に向かって伸ばされた颯太の手の形が――。

「颯太っ！」

我知らずおいちは叫んでいた。

颯太の手はよく知っている。梨を差し出してくれた時の手、連れ立って歩く時につないだ手――。

がっしりとして逞《たくま》しく、右手の親指の節には鋏《はさみ》でできた胼胝《たこ》がある。

天狗の手を見たのは一瞬で、そこまで確かめることはできなかったが、逞しく力強い様子ははっきり見て取れた。

「そ、颯太じゃないの？」

おいちはもう一度叫んだ。確信があったわけではない。むしろ、そんなはずはないという気持ちの方が強かったが、口に出さずにはいられなかった。

天狗――いや、天狗の面を被った若い男の態度に、変化はなかった。受け取った文を懐にしまい込むと、そのまま後ずさりに下がってゆく。

おいちの返事に、天狗が答えることはなかった。

やがて、その姿が闇にまぎれる位置まで達すると、男はさっと踵を返し、走り去っていった。

男は闇を縫うようにして、ひたすら走り続けた。そして、屋敷の塀が見えてくると、その近くの松の木にするすると登っていった。塀と同じ高さの枝まで登ったところで、ようやくその動きが止まる。

男はゆっくりと天狗の面を取り外すと、素顔を今来た方へと向けた。

一瞬の放心の後、男は我に返った様子で、手にしていた天狗の面を懐にしまい込んだ。

それから、男はさっと塀へ飛び移った。外の通りに人のないことを確かめてから、大きな音も立てずに地面へ下り立つと、男は小走りにどこへとも知れず去っていった。

その夜、天狗が投げ入れていった文を手に、お初やお美代のいる部屋へ戻ったおいちは、天狗が町子の文を持っていったことを伝えた。

天狗が届けた文は、明日、お鈴に託して町子に届けてもらうこととし、おいちはお初らと共に床に就いた。

（まさか、颯太のはずがない――）

時が経てば経つほど、天狗の姿を見ていたわずかな時が、まるで夢の中の出来事のように思われてきた。

あまりに不思議なものを見たので、つい自分の願いをそれに重ねてしまったが、それが都合のよい空想だということは分かる。

（とにかく、奥方さまのお文を渡せてよかった）

おいちは気持ちを切り替え、町子のことを考えることにした。

これからは、天狗もこの書庫へ来た時、町子からの返事がないか、よく点検するようになるだろう。そうなれば、町子と母は天狗を介して、文のやり取りができるようになる。

（よかった……。たとえ会えなくとも、奥方さまのお母上は生きておられるんだもの。文のやり取りだけでもできるようになれば、どんなに嬉しいか――）

町子の幸せを我がことのように喜びながら、あれこれ考えているうちに、おいちは間もなく寝入ってしまった。

そして、その翌日の五月末日――。

おいちは昼食まで筆写の仕事をこなし、昼食を摂った後、屋敷を出てゆく予定である。町子宛ての文と、おいちの作った和歌は、朝のうちに書庫へやって来たお鈴に渡しておいた。

そして、昼食を終えたおいちは、お初とお美代を前に別れの挨拶をした。

「本当に、お二人にはお世話になりました。お名残り惜しくてなりません」

おいちが言うと、お美代は少し涙ぐんだ。

「ほんま、おいちはんは気持ちのええお人どした。うちらはおいちはんのこと、えろう気に入ってたんどす。江戸のお人はあんま好かんけど、おいちはんは違うって、お初殿とも言うてたのや」

お初は少し怒ったような表情を浮かべ、相変わらず何も言わない。だが、その静かな怒りは、おいちと別れねばならぬことへの怒りのようであった。

「あたしは、本郷丸山の戸田露寒軒さまのお宅におります。代筆屋を営んでおりますから、もし外歩きをなさることがあれば、ぜひお立ち寄りください。露寒軒さまは歌占をなさっていて、とてもよくあたると評判なんです。お二人にも露寒軒さまにお会いしていただきたいです」

おいちは心から言った。お美代はもう何も言わず、おいちの手を取った。おいちはお美代の潤んだ目を見つめ返し、手をしっかりと握り返した。

それから、お初の方に手を差し伸べた。

お初は何も言わず手を差し出してくる。それをおいちは自分からぎゅっと強く握った。お初も負けじと強く握り返してくる。ほっそりとか弱そうなお初のどこに、こんな力があるのかと思えるような強さであった。

その時、

「おいち殿――」

と、廊下側の戸から声がかかった。お鈴の声であった。

「奥方さまが、おいち殿にこれを、と――」

そう言ってお鈴が差し出したのは、一枚の美しい短冊であった。そこには、ゆったりとした伸びやかな字で、一首の歌が書かれている。

「『やさしさ』という言葉は俗っぽく、この歌には似つかわしくない。わざわざそのように言わずとも十分に通じるゆえ、このように替えてはどうか、との仰せであった」

お鈴は短冊を差し出しながら、そう説明した。

おいちはうなずきながら、町子の短冊に目を落とした。二句目と三句目に手が入れられている。

（ああ……）

おいちは胸がいっぱいになった。

これこそ、自分が作りたかった歌だ。歌を作った時の気持ちを、くわしく説明したわけでもないのに、どうして町子には自分の気持ちが伝わったのだろう。それとも、歌を作るということは、そういうものなのか。

――夏の夜、庭に飛ぶ蛍は、私から決して離れず寄り添って飛んでくれる。それを見ていると、恋しい撫子のことをどうしても思い出さずにいられない。

おいちはすっと息を吸い込み、少し吐き出してから、その歌を静かな声で口ずさんだ。


飛ぶ蛍我を離れず身に添へば　思ひ出づらむ恋し撫子

引用和歌

◆われはもや安見児得たり皆人の　得難にすといふ安見児得たり（藤原鎌足『万葉集』）
◆夜のほどろ我が出でて来れば我妹子が　思へりしくし面影に見ゆ（大伴家持『万葉集』）
◆外に居て恋ふれば苦し我妹子を　継ぎて相見む事計りせよ（田村大嬢『万葉集』）
◆いかにせん都の春も惜しけれど　馴れしあずまの花や散るらん（謡曲『熊野』）
◆たらちねの母が手はなれかくばかり　すべなきことはいまだせなくに（作者未詳『万葉集』）
◆大空は恋しき人の形見かは　物思ふごとにながめやるらむ（酒井人真『古今和歌集』）
◆あはれとは夕越てゆく人もみよ　まつちの山に残すことの葉（戸田茂睡）
◆風の音苔の雫も天地の　絶えぬ御法の手向けにはして（戸田茂睡）

参考文献

◆佐々木信綱著『歌学論叢』（博文館）
◆正親町町子著・増淵勝一訳『柳沢吉保側室の日記　松蔭日記』（国研出版）
◆島内景二著『柳沢吉保と江戸の夢　元禄ルネッサンスの開幕』（笠間書院）

本書は、ハルキ文庫のための書き下ろし作品です。

時代小説文庫
し11-2

恋《こい》し撫《なでし》子《こ》 代筆屋《だいひつや》おいち

著者 篠《しの》 綾《あや》子《こ》

2016年1月18日第一刷発行

発行者 角川春樹

発行所 株式会社 角川春樹事務所
〒102-0074 東京都千代田区九段南2-1-30 イタリア文化会館

電話 03(3263)5247[編集] 03(3263)5881[営業]

印刷・製本 中央精版印刷株式会社

フォーマット・デザイン&シンボルマーク 芦澤泰偉

ISBN978-4-7584-3975-6 C0193

http://www.kadokawaharuki.co.jp/[営業]
fanmail@kadokawaharuki.co.jp[編集] ご意見・ご感想をお寄せください。